10

ERNEST D'HERVILLY

LAURÉAT DE L'ACADÉMIE FRANÇAISE

En Bouteille

A travers l'Atlantique

De Key-West (Floride) au Cap Nord (Norvège)

par le

GULF—STREAM

Ouvrage illustré de quarante-cinq gravures

D'APRÈS LES DESSINS DE FÉLIX OUDART ET SÉGUIN

PARIS

LIBRAIRIE FURNE

JOUVET ET Cⁱᴱ, ÉDITEURS

5, RUE PALATINE

En Bouteille

A travers l'Atlantique

COULOMMIERS

Imprimerie PAUL BRODARD

En BOUTEILLE!

par
Ernest d'Hervilly

Jouvet & Cie Éditeurs

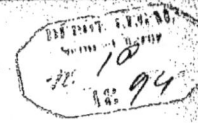

ERNEST D'HERVILLY

LAURÉAT DE L'ACADÉMIE FRANÇAISE

En Bouteille

A travers l'Atlantique

De Key-West (Floride) au Cap Nord (Norvège)

par le

GULF—STREAM

Ouvrage illustré de quarante-cinq gravures

D'APRÈS LES DESSINS DE FÉLIX OUDART ET SÉGUIN

PARIS

LIBRAIRIE FURNE

JOUVET ET Cᴵᴱ, ÉDITEURS

5, RUE PALATINE

MDCCCXCIV

A

SUZANNE et RAYMOND OUTIN

LES PETITS NEVEUX ET LES GRANDS AMIS DE L'AUTEUR

CE LIVRE EST AFFECTUEUSEMENT DÉDIÉ

E. D'H.

Reliure serrée

EN BOUTEILLE!

CHAPITRE I

UNE « MÉDUSE » COMME ON EN VOIT PEU

ᴏʀᴛɪᴇ à trois heures de l'après-midi de Miami, petit havre ouvert entre les récifs de la terrible côte orientale de la Floride, presque à l'extrémité sud de la célèbre péninsule américaine, et remontant à Saint-Augustin, qui est le doyen des ports floridiens de la même côte, mais situé à près de 100 lieues plus haut, la goélette *Mary* — de Savannah (Géorgie, États-Unis), capitaine Sagou — se trouvait, dans la soirée du 2 mars, l'an dernier, à 60 milles [1] dans le N.-E. de son point de départ, aidée fort heureusement dans sa route de retour, à défaut de la brise Sud.-E. qui était tombée, par les eaux rapides et brûlantes du fameux *Gulf-Stream*, autrement dit en français, le *Courant* du *Golfe*, et nous ajouterons, du golfe du Mexique, afin que nul n'en ignore.

1. Le mille marin, moyen, de 60 au degré, vaut 1852 mètres. 3 milles font une lieue marine.

Saint-Augustin est l'une de ces riantes et salubres localités de la Floride
qui jouent, en hiver, de par la médecine et la mode, pour les riches valé-
tudinaires et les opulents oisifs des États du Nord de l'Amérique, le rôle
que jouent les Cannes, les Nice et les Monaco de notre Méditerranée pour les
gens du monde de même catégorie, en Europe. Or la *Mary* ramenait à
Saint-Augustin un groupe de fortunés *touristes*, dames et messieurs,
malades plus ou moins imaginaires, lesquels, en fin de saison, avant de
regagner leur « home », étaient allés excursionner à Miami, et visiter dans
ses environs, où ils se sont fixés et vivent fièrement de leur propre industrie,
les derniers représentants, de sang pur, de ces sauvages héroïques, les
Séminoles, dont l'asservissement définitif a coûté tant de sang et d'or
aux conquérants de leur sol natal.

Donc, le 2 mars, l'année dernière, à neuf heures du soir, par beau temps
et belle mer, sous le ciel splendidement étoilé du Tropique du Cancer, dont
elle n'était distante alors que de quelques degrés, la *Mary*, subissant la
vive influence du Courant du *Golfe*, glissait tranquillement vers le N.-O.
sur l'immensité des flots ténébreux où, par instants, des traînées de *Nocti-
luques*, de *Béroës*, de *Dionées*, et autres animalcules phosphorescents, des-
sinaient comme d'immenses et éphémères constellations de points lumineux
de toutes les couleurs.

Tout à coup, dans le grand silence, la voix de l'homme de veille au bossoir
de la goélette proféra l'avertissement qui suit, évidemment bizarre et peu
nautique, mais qui s'adressait moins à ses camarades de quart qu'aux curieux
passagers de la chambre d'arrière, toujours en quête, le soir comme le matin,
d'un incident de mer, d'un motif quelconque de distraction, et prêts à récom-
penser largement celui qui les leur procure.

— Attention sur le pont! criait l'homme du bossoir. Une *Méduse* [1] en plein
feu! Par bâbord, deux milles devant nous! une Méduse de taille prodigieuse!

Et, à part lui, le matelot ajoutait :

— Oui, elle doit être fameuse, celle-là, c'est sûr, pour voir d'ici son fanal!
Dix mètres de tour, au moins! Ça vaut la peine d'être vu!

---

1. Zoophyte, hémisphérique, de matière gélatineuse, phosphorescente, que représenterait assez
bien, pour la forme, une Ombrelle garnie d'œillés flottant sur les eaux, le manche en bas.

Ceux des passagers, ladies et gentlemen, que la magnificence et la tiédeur

de la nuit avaient retenus sur la dunette, s'empressèrent alors de sonder
l'espace, à la gauche du navire; mais, en dépit de l'affirmation de l'officier

de service, qui avait jeté un simple coup d'œil sur le point indiqué, et s'était remis à songer à ses affaires, ils n'aperçurent rien à la surface des flots calmes, qui pût passer pour l'être monstrueux et flamboyant qu'on venait de leur signaler.

Ils étaient désolés de manquer ce curieux spectacle.

— Bah! leur dit l'officier de quart, elle est encore trop loin pour vous, mesdames et messieurs. Vous n'avez pas plus l'œil que le pied marin. Et puis la crête des lames la voile à tout moment, mais nous courons dessus. Nous l'aborderons tout à l'heure; un peu de patience, donc.

Quant au capitaine Sagou, rentré dans sa cabine, et... qui se disposait à s'offrir un léger *refreshment*, il ne prêta que très distraitement l'oreille au cri de l'homme de veille. Dame, le brave *Master* en avait déjà vu, et par centaines de mille à la fois, des *Méduses*, l'été, dans le Canal de Bahama, sur le parcours du *Gulf-Stream*. Aussi, bien qu'elles y soient plus rares en hiver qu'en été, et bien qu'on lui annonçât celle qui se trouvait en vue comme devant être d'une taille gigantesque, il ne se dérangea nullement dans son occupation favorite, et il avala avec béatitude son léger rafraîchissement — lequel se composait d'énormément d'un violent Rack de la Havane avec infiniment peu d'eau de Seltz glacée.

Il en savourait encore le brûlant arrière-goût, quand la voix de l'officier de quart (qui était son *Second*) lui envoya ces paroles énigmatiques :

— S'il vous plaît, capitaine, venez donc voir un peu ça? — Pour moi, je suis étonné comme un hibou dans un feu d'artifice, et William, qui est à la barre, a donné trois fois sa langue au chat!

— Halloo! cria le capitaine Sagou. On y va!

Et il ajouta, mais plus bas :

— Que le ciel damne l'œil de cet homme! Qu'est-ce qu'il me chante avec son hibou et son chat? — C'est pourtant le meilleur œil et le plus fin garçon du bord, ce William! reprit-il.

Tout en se parlant de la sorte, le *Master* serrait soigneusement dans sa propre armoire les éléments de son « refreshment ». Puis il prit son *Verre de nuit*, c'est-à-dire son télescope, et il sortit tout grommelant de sa cabine, pour se rendre sur l'avant de la goélette, où se tenaient déjà les passagers, parvenus enfin à distinguer la lueur de la soi-disant *Méduse* à l'horizon.

— Un mille... devant nous, capitaine... un peu à bâbord, là!... Voyez-
vous?

Le capitaine Sagou était borgne, ce qui faisait qu'au propre comme
au figuré, il ne dormait jamais que d'un œil, mais son bon œil était excel-

lent, et, quand il était ouvert, il égalait en perspicacité, de jour ou de nuit,
les deux yeux de William, l'homme de la barre, lui-même.

C'est pourquoi, à l'instant, il aperçut l'étrange et vaste lueur informe
flottant très au loin, devant lui.

— Eh bien, quoi! s'écria-t-il tout d'abord, d'un ton de mauvaise humeur,
c'est une *Méduse*!... Mais non,... par la corne du diable!... (pardon,
mesdames!)... par la corne du diable, non c'est... Mais, non, au fait, reprit-il
d'une voix plus calme, ce n'est pas une Méduse!... C'est trop vif de feux...

Et puis quoi? et puis quoi? — Blanc?... blanc?... Vert?... vert?... vert?...
Blanc? ça tourne! ça vire!... En voilà un fameux Rotifère [1]! — Ce n'est pas
possible, c'est trop gros. — Eh! serait-ce un radeau avec un foyer allumé
dessus?...

— Oh! capitaine, je vous en prie, dit alors une des passagères, prenez
donc votre lunette! nous mourons d'impatience de savoir...

— C'est juste, ma jeune dame, répliqua maître Sagou. — Et s'il ne faut
que cela pour vous ressusciter, vous allez revivre dans un instant.

Le capitaine appliqua l'instrument à son bon œil, et, sans parler ni gro-
gner, examina longuement la chose mystérieuse, vers laquelle d'ailleurs
le navire se dirigeait lentement et avec précaution, sur un ordre donné par
le second au timonier William.

— Eh bien, capitaine? reprit la jeune dame. Oh! en vérité, ne nous laissez
pas mourir...

— Ma foi, madame, dit enfin le capitaine, si je n'avais le devoir de conserver ma langue pour avoir l'honneur de vous répondre, je ferais comme
William, je la jetterais au hibou, non, je veux dire au chien. C'est étonnant!
Je n'y comprends rien! Ce que je viens de voir, ça ressemble à peu près...
tantôt à la quille d'un canot renversé, tantôt à une forte bouée, tantôt à une
grande balise, qui entraîneraient avec elles un amas d'animaux phosphorescents.

— Une balise, ou une bouée, qui aurait rompu sa chaîne, et qui flotterait
à la dérive, alors?

— Oui. Mais j'ai une autre idée aussi. C'est peut-être une énorme tortue
chargée de *Méduses*. Et cependant!... Ce n'est pas certes que ce soit bien rare
une tortue, en train de traverser le Canal, et se rendant à toute vitesse, des
rochers de la Floride aux rochers et aux sables des Bahama, et *vice versa*;
mais ce qui me déroute, c'est ce qu'elle a sur sa carapace, outre les méduses!
On dirait une cage à perroquets, et une fameuse encore! Mais une tortue, avec
une cage sur le dos, ça me paraît fantastique un peu trop, et je passe le verre
à mon Second.

---

1. Rotifères. Animalcules de la classe des Infusoires, se déplaçant circulairement au moyen
d'appendices vibratiles nommés cirrhes, en forme de roue.

Le Second lorgna à son tour, minutieusement, la prétendue tortue géante, illuminée *a giorno*, qui, d'après les conjectures du *Master*, avait la fantaisie de se promener dans l'Atlantique avec une cage sur sa coupole d'écaille. Puis il dit aux assistants :

— Eh bien, mesdames, il y a beaucoup de ce que pense le capitaine... dans... notre *Méduse*... qui n'en est pas une ; et, si ce n'est pas une tortue,

alors, c'est tout à fait comme un kiosque rond dont les fenêtres seraient éclairées, çà et là, et qui flotterait. Son toit est vraiment un dôme blanc surmonté d'un lanterneau à jour.

— Ma foi, mon ami, reprit le capitaine Sagou, je ne suis pas curieux, c'est connu de Savannah à Key-West, mais si vous voulez bien avoir la complaisance de me faire descendre un canot à l'eau, et de mettre la *Mary* en panne pour un petit temps, je vais aller moi-même voir ça de plus près. La mer est d'huile, il n'y a pas pour un penny de vent, et si quelques-uns de ces messieurs les passagers veulent m'accompagner, ils le peuvent. L'excursion est sans danger...

— Oh! en vérité, capitaine! s'écrièrent les passagères, et bien alors, et les dames?...

— Oh! les dames?... c'est plus grave! Il y a d'abord les paquets de mer qu'on peut recevoir... en pleine figure... et puis il y a les...

Mais le capitaine Sagou n'eut pas le temps d'énumérer les risques (absolument imaginaires, du reste, par cette nuit paisible) à l'aide desquels il essayait de motiver un refus d'embarquement pour les dames. Toutes l'entourèrent, le câlinèrent, le supplièrent. Si bien qu'il fut débordé et dut baisser pavillon devant les intrépides habitantes de la dunette, dont la curiosité avait atteint son maximum d'intensité.

Mais, à son grand regret, il déclara ne pouvoir en emmener que deux; et il demanda à la tumultueuse assemblée féminine de nommer elle-même, par la voie du sort, les deux déléguées admises à voir de près, à toucher peut-être, la mystérieuse — *Tortue à cage* — ou le non moins singulier — *Kiosque illuminé* — qui errait ainsi, au gré du *Gulf-Stream*, à 20 lieues de la côte!

Quelques instants plus tard, les marins de l'embarcation dont le capitaine prenait la barre en main, recevaient au milieu d'eux cinq passagers, parmi lesquels il y avait deux dames, miss Maude et mistress Sullivan, de Boston, la mère et la fille.

Puis les canotiers se mirent à tirer de l'aviron, rondement.

CHAPITRE II

LA PERLE DU SUD

En quittant la *Mary*, le capitaine Sagou avait recommandé aux hommes du canot et à ses passagers de garder un profond silence.

— Il faut être prudent, disait-il. Si la chose inconnue que nous allons voir là-bas est une tortue, — mais quel monstre alors! — c'est une tortue probablement endormie au milieu d'une ceinture énorme de *Méduses*; alors tâchons de l'approcher sans la réveiller en sursaut. Les tortues ont le sommeil très dur, c'est prouvé, et j'en ai assez pêché pour le savoir, mais enfin si celle-ci prenait l'alarme à notre arrivée, elle pourrait, en fuyant ou en plongeant, dans un premier mouvement d'effroi, nous faire sinon chavirer, du moins nous procurer une danse sur l'eau dont ces dames n'ont pas encore l'habitude.

On ramait donc vivement, mais sans bruit. Du reste, quand on avait armé le canot à bord avant de le mettre à la mer, le second avait pris la précaution de faire entourer la palette des avirons de vieux morceaux de toile. En outre, le vaste murmure des eaux couvrait parfaitement le léger clapotis des rames.

Quand on fut arrivé à deux encablures [1] à peu près de l'être ou de l'objet

---

1. L'encablure, de 120 brasses, égale 194 mètres; l'encablure moderne, 200 mètres.

en question, dont, *à la vague clarté qui tombe des étoiles*, comme dit
Corneille, on distinguait maintenant, au ras des flots, la silhouette assez
nette, on constata que cette silhouette était bien celle d'une demi-sphère d'un
blanc vif, lumineux, surmontée d'une espèce de cage où brillait un fanal,
et ayant pour base une zone sombre trouée, de place en place, par des jets
de lueur vive, de couleur verdâtre.

Le capitaine appliqua de nouveau sa lunette à son bon œil. Il était de
plus en plus intrigué. Les passagers et les matelots attendaient sans mot
dire, mais étonnés au suprême degré, le résultat de l'examen fait par le
Master.

— Eh bien, qu'est-ce? demanda un passager, plus nerveux que les
autres.

— Eh bien, dit enfin le capitaine à voix basse, ce n'est pas une cage à
perroquets; non. C'est une cage à singes; et il y en a même un dedans,
je viens de le voir grimper aux barreaux...

— Des babouins, en pleine mer! c'est un peu fort de cognac tout de
même, murmura un des matelots à l'oreille de son camarade. Je crois
que le capitaine s'est joliment « rafraîchi », ce soir!...

— Oh! capitaine, s'il vous plaît, votre lorgnette! dit miss Maude. Votre
lorgnette, vite, je vous en conjure!

La jeune fille ne tenait plus en place, et son cœur battait fortement.

— Oh! je veux voir le singe, capitaine! — Oh! pauvre petite bête! comment est-elle là? — c'est un naufragé sans doute!

— Au fait, miss, répliqua le capitaine, vous me donnez une idée. — Ce
que nous voyons là, c'est peut-être la Dunette d'un bâtiment qui a péri sur
les récifs de la Floride. Elle surnage seule... et...

— Oui, mais, capitaine, et les lumières que vous oubliez? Des singes
n'auraient pas allumé un fanal, interrompit l'un des passagers.

— Ah! oui, les lumières! c'est juste. — En voilà une drôle d'épave!

Tandis que maître Sagou et les passagers échangeaient des questions
et des interrogations de même nature, miss Maude inspectait, à la lunette,
l'épave en question, dont le canot s'était rapproché de beaucoup.

Sans ôter son œil de l'instrument, elle donnait à ses compagnons les
renseignements suivants sur ce qu'elle apercevait.

— Oui, dans la cage du haut, il y a un singe, sous une lanterne très brillante.

— Qu'est-ce que je disais !... fit le capitaine...

— Mais, ajouta miss Maude, il me semble que j'en vois d'autres, oui, deux autres singes,... dans l'intérieur de... de cette chose sombre, de ce dôme, qui est percé, en bas, de petites fenêtres rondes...

— Des *hublots*? grogna le capitaine. Alors c'est bien une dunette [1]!... je ne me trompais pas.

Et, s'adressant aux matelots, il grogna :

— Nagez vivement, mes garçons, accostons l'épave !

La voix de miss Maude s'éleva de nouveau, en ce moment, et avec l'accent d'une surprise extraordinaire, elle dit ces paroles incroyables :

— Ce ne sont pas des singes, ce sont des nains ! Ils sont assis dans un petit salon éclairé par une lampe. Une des fenêtres est ouverte. C'est par là que je les vois distinctement.

— Qu'est-ce que vous nous dites là, bon Dieu !

— Oui, c'est un petit salon, — reprit vivement miss Maude. Il y a un des nains qui écrit sur une table et l'autre... attendez!.. ça danse, je ne vois plus rien...

— Et l'autre?... demandèrent les passagers et le capitaine, tout d'une voix.

— L'autre? — oh! maman! maman! s'écria la jeune fille, je ne puis pas m'y tromper, moi, une femme! — l'autre,... maman!... il est en train de faire de la dentelle au crochet!...

Ce dernier renseignement, bien inattendu, abasourdit complètement l'équipage du canot.

— Des singes naufragés qui font de la dentelle, dans la dunette flottante d'un navire perdu à la côte, ça c'est encore plus fort de cognac, dit, et cette fois tout haut, celui des rameurs du canot qui avait déjà émis quelque doute sur la netteté de la vision du capitaine Sagou et sur son sang-froid.

Mais pendant que les passagers et le capitaine, stupéfaits, se perdaient en

---

1. Construction légère établie sur le pont de nombre de bâtiments et contenant les cabines des officiers et des passagers, ainsi que leurs « carrés », ou salles à manger et salons.

conjectures après avoir entendu miss Maude, le canot était arrivé au but de sa course nocturne.

Et devant eux, dominant les lames tranquilles, une vaste coupole peinte en blanc oscillait mollement. Elle était percée, effectivement, à sa base, au-dessus de la ligne de flottaison, de nombreux hublots garnis d'un cristal verdâtre qui était strié de petits losanges noirs. Une cage, une cage véri-table, mais formée de barreaux solides, était placée sur la coupole. Un fanal électrique, petit mais de feu perçant, était suspendu dans l'intérieur de la cage, à son sommet.

Le tout surplombait les flots de près de trois mètres.

Cela ressemblait à une de ces énormes Balises qui se balancent perpé-tuellement en pleine mer, sur les côtes, jalonnant le chenal des Ports, mais à une balise plus colossale encore que les autres, et aménagée en vue de servir d'habitation à des êtres vivants.

Et c'est ce qu'expliquait le capitaine à ses compagnons, quand, dans la cage du fanal, une voix se fit entendre, qui criait, en français :

— Ohé! du bateau! Qui êtes-vous? Qu'est-ce que vous voulez?

Le capitaine Sagou ne savait en fait de français que quelques jurons et le nom des principales liqueurs de notre pays. Mais miss Maude parlait assez bien notre langue.

Aussi fut-ce elle, sur l'invitation du capitaine, qui répondit avec empres-sement, et de toute la force de ses poumons :

— Oh! nous ne voulons pas vous faire de mal, monsieur! C'est la curio-sité!... Ces messieurs et moi, qui suis une dame, nous venons de la *Mary*, le bâtiment qui est là-bas, pour vous voir...

— Ah! vous êtes de la goélette dont j'aperçois les feux, là-bas, depuis une heure! Très bien, madame. Je vous souhaite le bonsoir, madame!

Miss Maude reprit :

— Merci, monsieur. M. le capitaine Sagou est là dans le canot, avec nous. Il ne connaît pas le français... C'est un citoyen de la libre Amé-rique!

— C'est bon, c'est bon. Dites à votre capitaine,... comment dites-vous?... Tapioca? non, Sagou, qu'il est bien aimable, et vous aussi, madame, et que je vais héler mon patron, M. Ristigouche, pour qu'il vienne causer avec lui.

UNE VASTE COUPOLE ILLUMINÉE OSCILLAIT MOLLEMENT DEVANT EUX.

M. Ristigouche est Américain aussi. Pour le moment, il écrit son journal en bas. Il va monter sur le pont tout de suite.

Miss Maude, écoutée avidement par ses compagnons, transmit au capitaine les paroles de l'inconnu, qui semblait être la vigie de quart sur la coupole flottante.

— *Very well!* dit le *Master*, après l'avoir entendue. Alors, miss, ayez l'obligeance de répondre à ce garçon que le capitaine Sagou présente ses meilleurs compliments à M. Ristigouche, et qu'il le prie de lui faire jeter une amarre... afin qu'on puisse causer un brin tranquillement.

Et se tournant vers les passagers, le capitaine Sagou poursuivit :

— Décidément, ce ne sont pas des singes. Ce sont des espèces de marins; mais ils sont embarqués sur un bien curieux bâtiment, tout rond, sans arrière et sans avant. A-t-on jamais entendu parler d'une chose pareille! Je suppose que la coque qui contient leur entrepont et leur cale doit avoir la même coupe, sous l'eau, que ce que nous voyons dessus. Alors c'est une espèce de bouteille de Gargantua que leur navire! Une bouteille de neuf à dix *tonneaux* [1]!

Les passagers étaient émerveillés. Quel incident de voyage à raconter au retour!

Tandis que le capitaine édifiait ainsi ses passagers sur la nature, la forme et la capacité probables du singulier navire que la mer berçait tranquillement à quelques pieds devant eux, miss Maude et la vigie de la coupole avaient repris leur conversation en français, et la jeune fille instruisait sa mère et ces messieurs de ce fait que l'homme dont ils entendaient la voix au-dessus de leur tête, lui avait déclaré se nommer Jean-Joseph-Baptiste Mellon-Cambreleng, dit *Quinquin*, natif de Dunkerque, département du Nord, France, âgé de quatorze ans, mousse de son état...

Mais la conversation de miss Maude et du nommé Quinquin fut interrompue par l'arrivée, dans la cage du fanal, d'un second personnage qui prit la parole, en anglais, en ces termes :

— Les compliments du professeur Ristigouche au capitaine Sagou et à l'honorable société. N'ayez pas peur de nous aborder, nous sommes bien

1. Le tonneau de mer équivaut à 1ᵐᶜ,44.

rembourrés, mais élastiques. Triple blindage. Doublure en cuivre rouge soudé. Quatre cents ressorts à boudin noyés dans 20 centimètres de bourre de coco et 'de brai. Coque de tôle avec charpente de soutien en aluminium, rivé hélas! car la science ne nous a encore pas donné la vraie soudure!... Il y a un prix de cent mille francs proposé...

— Quel bavard! murmura le capitaine Sagou.

— Attention! cria le professeur Ristigouche, s'adressant aux matelots de l'embarcation. Gare là-dessous! on va vous envoyer un joli câble.

En effet, un cordage lancé de la coupole, et se déroulant en spirale dans la nuit, plana un moment au-dessus du canot, puis s'abattit sur les mains tendues d'un adroit marin, qui amarra immédiatement l'embarcation, laquelle suivit en laisse sa grosse compagne.

— Et maintenant, qu'est-ce que vous me direz de bon, professeur? se mit à crier le capitaine Sagou. D'où venez-vous? Où allez-vous? Je ne suis pas curieux, c'est bien connu de Key-West à Savannah, mais enfin ces dames seraient bien aises de savoir... Et d'abord, comment s'appelle votre... votre... machine, votre... bateau enfin?

— Mon flotteur?

— Va pour flotteur. Est-ce qu'il a un nom votre flotteur? ajouta le capitaine d'un ton dédaigneux.

Le professeur Ristigouche lui répondit d'une voix irritée :

— Certainement, monsieur! Oui, monsieur, il a un nom et très joli, comme vous et moi, monsieur. Et vous pouvez l'inscrire sur votre Livre de bord sans qu'il fasse cracher votre plume de dégoût, monsieur! Mon flotteur s'appelle la *Perle du Sud*, monsieur...

— En vérité! la *Perle du Sud*?... Tiens, mais au fait, la Perle du Sud?... Ah! c'est la *Perle du Sud*?...

— Oui, monsieur. Et ils ne l'auront pas à l'exposition de Chicago, monsieur! C'est la merveille de l'Alabama, ma *Perle du Sud*, et je la garde pour moi, monsieur!

CHAPITRE III

L'HOMME CONDENSÉ

Le capitaine Sagou, un peu piqué par les « *Monsieur!* » réitérés du professeur Ristigouche, se recueillait pour lui renvoyer sans doute quelque virulente apostrophe, quand l'un de ses canotiers lui toucha l'épaule, puis, portant la main à son bonnet, cet homme lui dit :

— Capitaine, au respect que je vous dois, pardon de vous interrompre, mais la goélette nous rappelle, si j'en crois les lanternes qu'elle promène depuis un instant dans sa mâture...

Le capitaine jeta sur son navire un coup de son bon œil, puis il s'arma de son télescope, après quoi il grommela :

— C'est vrai. Il nous faut retourner là-bas, mesdames et messieurs. Mon second s'impatiente, ou bien c'est qu'il sent que la brise va s'élever, et une brise à nous pousser dans le dos. Il faut en profiter. Par conséquent je vais prendre congé de M. Ristigouche en deux temps.

S'adressant alors à son interlocuteur de la *Perle du Sud*, il lui cria avec ironie :

— Hé! dites donc, là-haut, mon cher monsieur, la *Perle du Sud*, mais j'ai entendu parler de ça! Je me le rappelle à présent. Seulement je croyais

3

qu'il s'agissait d'un vrai bâtiment, et non de... votre charmant flotteur!...
Alors c'est donc vous ce citoyen de Mobile [1]...

— Parfaitement! Et un descendant des colons français de l'Alabama, je
m'en flatte, oui, monsieur!...

— Vous êtes ce citoyen de Mobile, poursuivit le capitaine sans faire attention au nouveau « monsieur! » décoché par le professeur, qui, depuis des
mois, s'est fait voir, pour un dollar, condensé dans une bouteille par un procédé de son invention, à Mobile, à la Nouvelle-Orléans, à Pensacola, à Key-
West, et même à la Havane.

— Parfaitement, capitaine. Je suis « l'homme condensé! » Oui, capitaine,
dans l'intérêt de la science, afin de me procurer l'argent nécessaire à la
construction de ma *Perle du Sud*, je me suis exhibé tout comme une bête
curieuse, dans les villes que vous nommez et dans bien d'autres encore... Et
j'ai réussi à récolter une belle somme... une somme considérable, monsieur!
Et j'ai créé mon flotteur!

— *Very well!* Alors c'est vous aussi qui avez fait annoncer dans tous les
journaux des deux Amériques, que, condensé, et enfermé dans la *Perle du
Sud*, vous iriez à l'aide seule du *Gulf-Stream* et des *Courants* qui le prolongent au nord-est à partir du Banc de Terre-Neuve, vous iriez sans voile,
sans rame, sans gouvernail, à la dérive enfin, de la Floride à la Norvège, du
Tropique du Cancer au Cercle Polaire!...

— Si Dieu me prête vie! oui, monsieur, j'irai là-bas, au Cap-Nord, et
même plus loin! — Et si je meurs, eh bien, on me jettera à l'eau; mais le
voyage et l'œuvre que j'ai entrepris seront continués par les deux braves
garçons que j'ai là, dans ma bouteille comme vous dites; deux garçons condensés, oui, monsieur, condensés, diminués de taille et de volume, comme
moi : M. Quinquin, de Dunkerque, mon compatriote par mes ancêtres, qui
a eu l'honneur de vous parler tout à l'heure, et M. Oleg *Coulak*, sujet russe,
natif d'Arkangel, que je regrette de ne pouvoir vous présenter, car il est un
peu souffrant, et il est resté dans la cabine à terminer un petit ouvrage
d'agrément...

— Oh! monsieur Ristigouche! ne put alors s'empêcher de s'écrier miss

---

[1]. Grand port, voisin de la Nouvelle-Orléans, dans l'État d'Alabama, sur le golfe du Mexique.

CARTE DES COURANTS GÉNÉRAUX DANS L'ATLANTIQUE SEPTENTRIONAL

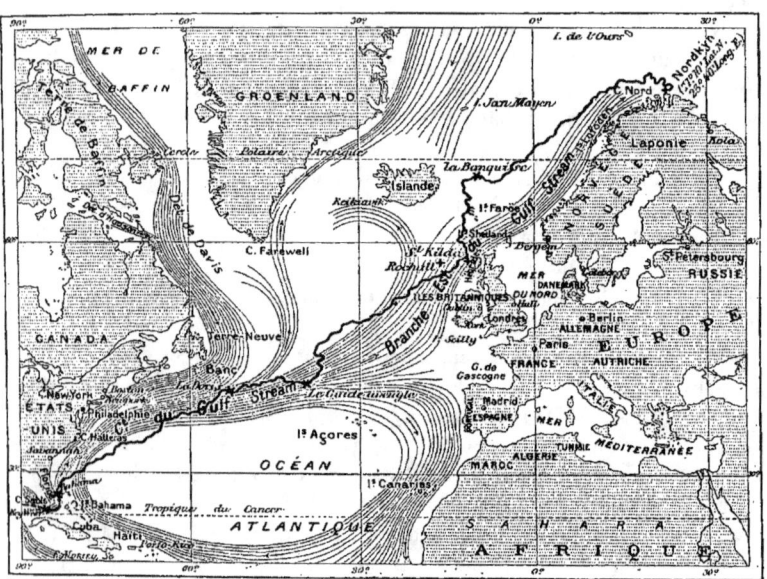

N. B. Dans cette carte sommaire, où les limites, non déterminées encore d'une façon précise, des Courants généraux, sont approximativement indiquées par des traits légers, la forte Ligne noire, sinueuse, qui la traverse en diagonale, représente, d'après les renseignements fournis par le Livre-de-bord de la *Perle du Sud*, le chemin lent et périlleux qu'a suivi le Flotteur de M. Ristigouche, au gré des lames et des vents, sur cet immense fleuve d'eaux chaudes qui s'échappe du Golfe du Mexique par le détroit de la Floride, sous le nom de GULF-STREAM, s'élance dans l'Atlantique, s'y ramifie, s'étale à sa surface, et prolonge, tiède encore, le flux prodigieux d'une de ses branches principales, en longeant l'Europe, jusqu'aux régions polaires.

On a marqué par des Croix, sur ce tracé, les points du trajet qui ont été le théâtre des plus émouvantes ou des plus singulières péripéties de ce voyage sans précédent.

Maude, je vous en prie, dites-moi : ce M. Coulak, n'est-ce pas le petit garçon
qui fait de la dentelle au crochet là dedans?

M. Ristigouche répondit du haut de son belvédère, mais avec beaucoup plus
de douceur :

— Parfaitement, madame, et recevez toutes nos civilités. — Et si vous
étiez condensée comme nous le sommes, Quinquin, Coulak et moi, je serais
véritablement heureux de vous faire visiter ma *Perle du Sud*. Elle en serait
honorée; — mais vous ne pourriez y pénétrer par le grand panneau! — Vous
devez être de taille fort mignonne, madame, si j'en juge par la délicatesse et
la grâce de votre voix, car il m'est impossible de vous voir nettement dans
votre canot, — que l'excellent capitaine Sagou n'a pas même eu l'idée de
garnir d'une lanterne! — mais, cependant, toute mince que vous êtes, vous
seriez gênée dans la *Perle du Sud* comme *Gulliver* chez les *Lilliputiens*,
madame...

Le capitaine Sagou ne put avaler sans faire une grimace le reproche que
lui adressait M. Ristigouche d'avoir omis d'emporter une lanterne, mais
il ne voulut pas prolonger plus longtemps l'entretien, car il avait hâte de
retourner à son bord.

— Renvoyez la « ficelle » à monsieur, ordonna-t-il à ses canotiers, et sou-
haitons-lui le bonsoir.

Néanmoins, avant qu'on détachât l'amarre, il dit soudain, au professeur,
cette fois d'un ton cordial :

— Allons, sans rancune, mon cher monsieur, et bon voyage, de tout cœur,
de ma part et de la part de ces dames et de ces messieurs, car vous êtes un
brave, quoique un peu... *toqué*... Hein? Mais, tenez, je vous parie 100 dollars que vous n'arriverez pas vivant au Cap-Nord...; et, ma foi, si je les perds,
j'en serai heureux, là!

— Je tiens le pari, capitaine Sagou...

— De la *Mary* (Savannah, Géorgie, États-Unis)!... Ne m'oubliez pas!

— Entendu, capitaine... et mettez la somme de côté.

— Ah çà, voyons, entre nous, c'est un peu trop d'aplomb, monsieur
Ristigouche! Comment! Parce qu'il est prouvé que des barils, des flotteurs
de filets, des bouteilles, des plantes, des arbres, des fruits, des graines, provenant, avec toute certitude, des Antilles et de la Floride et portés par le

Gulf-Stream et les Courants, ont été retrouvés dans les Hébrides, dans les Færoër, en Islande, en Norvège, au Spitzberg, vous êtes persuadé que votre... *Perle du Sud* suivra la même route qu'eux?... Les haricots des Antilles, je ne dis pas le contraire, s'en vont à Hammerfest, pas loin du Cap-Nord, mais vous n'êtes pas un haricot, mon cher ami!

— Non, répliqua en riant M. Ristigouche, je ne suis pas un haricot, mais qu'est-ce que mon flotteur? un pois, un pois un peu gros, voilà tout, je vous l'accorde, mais un simple pois, solide, élastique, léger au possible, imperméable, insubmersible, et garni de tout ce qu'il faut pour que nous vivions dedans mes amis et moi, comme trois petits vers courageux et tenaces, pendant un an s'il le faut!

— Oui, c'est très joli, et je vous souhaite les meilleures chances du monde, mais les glaces, les banquises, et tout le tremblement gelé que vous allez trouver déjà au Banc de Terre-Neuve, sans doute (si vous y arrivez) et, plus haut, dans le nord, après les Færoër [1]... vous les oubliez? Mais, là-bas, mon honorable ami, vous serez emprisonnés, écrasés, broyés avec votre pois!...

— A la grâce de Dieu! Mais la *Perle du Sud* a déjà remonté, ou plutôt descendu, jusqu'ici, sans encombre. le *Gulf-Stream*, depuis Key-West [2], où a eu lieu sa mise à l'eau, le 24 février. Donc, jusqu'à preuve du contraire, je puis bien croire que le sort et la mer nous favoriseront encore. Et pourquoi ne serions-nous pas épargnés par les écueils, les glaces, les marées d'équinoxe, les tempêtes, les baleines, et, qui plus est, par les navires qui nous aborderont peut-être, comme ont été épargnés les pauvres haricots qui ont exécuté, avant nous, des trajets de milliers de kilomètres, sains et saufs, sur l'immense et terrible Atlantique?

Le capitaine Sagou secouait tristement la tête en écoutant cette réponse, puis il dit au professeur :

— Allons, vous n'en démordrez pas! C'est votre conviction. Elle me paraît rudement enracinée. Je ne tenterai donc pas plus longtemps de vous l'arracher de la cervelle. Je le voudrais, que je ne le pourrais pas, d'ail-

1. La terminaison *œr* signifiant *îles*, nommer les Færoër les îles Færoër, c'est faire un pléonasme; nous adoptons donc l'appellation usitée à présent par tous les géographes.
2. Port américain situé à l'entrée du golfe du Mexique, dans un îlot qui fait partie de cette longue chaîne d'écueils en queue de cerf-volant qui pend à la pointe extrême de la péninsule floridienne.

leurs. On me rappelle là-bas. Et comme il n'est si bonne compagnie qu'il ne faille quitter à la fin, je vous abandonne à votre destinée. Adieu donc, et bon voyage !

Puis s'adressant à ses canotiers :

— Et vous autres, mes garçons, nagez !

Les avirons furent plongés dans l'eau de nouveau et l'instant d'après le canot et la *Perle du Sud* étaient déjà séparés par une quarantaine de mètres.

Miss Maude, toute palpitante, songeant aux formidables périls qu'avait énumérés le capitaine, périls que les trois nains intrépides allaient affronter, où ils allaient périr sans doute, salua de loin d'un « *Good bye* » plein de larmes le professeur Ristigouche, dont on apercevait alors, découpée sur la lueur du fanal de son excentrique bâtiment, la fine silhouette. Puis elle s'écria, en français, à l'adresse de son compagnon :

— Soyez bien prudent, monsieur Quinquin, et que le ciel vous bénisse tous !

Les passagers du bateau firent chorus avec elle, et l'équipage se joignit à eux par un triple : *Heep ! heep ! hurrah !*

La réponse de M. Quinquin arriva une seconde plus tard aux oreilles de la jeune fille, qui la traduisit aux autres passagers du canot, sans en comprendre entièrement le sens, du reste.

Car M. Quinquin, de Dunkerque, lui avait crié gaiement :

— Merci, madame ! N'ayez pas peur ! J'ai numéroté mes os. Et j'espère bien les présenter moi-même au complet, dans six ans, à ces messieurs du Conseil de revision. Vous comprenez ? une patte de moins, ce ne serait pas commode pour servir la France ! Au revoir !

Tout le temps qu'avait duré la conversation, tantôt bienveillante, tantôt aigre, du professeur Ristigouche avec le capitaine de la *Mary*, les touristes du canot, sauf miss Maude, avaient gardé un silence attentif, mais dès qu'on eut cessé de dériver de conserve avec la *Perle du Sud*, ils accablèrent M. Sagou de questions qui témoignaient du vif intérêt qu'ils prenaient à l'aventure où se lançaient le citoyen de Mobile, dont ils se rappelaient à présent avoir lu le nom et les réclames dans les journaux, et ses deux petits acolytes.

M. Sagou se borna à leur répondre avec rudesse, mais non sans mélancolie :

— Tout ratatinés, tout condensés qu'ils sont, veux-je dire, je les regarde comme des gens déjà morts. Ils ont des chances pour eux, mais bien peu, pas cinq pour cent, bien qu'ils aient choisi leur moment pour arriver... dans les climats froids à la belle saison, à la fonte des glaces, et de façon à profiter surtout des vents d'ouest qui marchent avec les courants principaux...

— Oh! vous les regardez comme perdus!

— Perdus comme les dollars de M. Ristigouche, que je gagnerai, hélas! certainement, mais qui ne me seront jamais versés; car ce matin-là, j'y songe à présent, il ne les a consignés nulle part, en sûreté, et va-t'en courir après!... s'il périt dans un naufrage...

— Capitaine, dit miss Maude, M. Quinquin et M. Coulak tiendront la parole de M. Ristigouche, si ce brave cœur succombe à la tâche. Et je réponds pour lui des 100 dollars. Voici notre adresse à Boston, monsieur Sagou. Vous m'approuvez, maman?

Mistress Sullivan, fort mal à l'aise depuis quelques instants, car la mer avait recommencé à s'agiter tumultueusement, donna son consentement, d'un signe de tête, tout en regardant avec une angoisse mêlée d'espoir la longue et élégante forme noire de la goélette qui semblait grandir à ses yeux, à mesure que le canot s'en rapprochait.

Cinq minutes plus tard, les excursionnistes se retrouvaient à bord de la *Mary*, qui reprenait avec vitesse, le cap au plus près sur Saint-Augustin, sa course interrompue trop longtemps, au dire du second.

Mais nous ne les suivrons pas davantage sur l'Océan. Nous montons à bord de la *Perle du Sud*.

CHAPITRE IV

A BORD DU FLOTTEUR

Lorsque les lumières de la goélette, après avoir rapidement diminué d'éclat, semblèrent se perdre et s'éteindre sous l'eau, dans le bleu sombre de l'horizon du Nord, M. Ristigouche, qui les avait contemplées, muet et pensif, se tourna vers M. Quinquin, immobile à côté de lui, et resté, à son exemple, silencieux et songeur, et il lui dit, en lui donnant une tape amicale sur l'épaule :

— *All right!* Allons, allons, mon garçon, il faut secouer la torpeur. Ces gens-là vont plus vite que nous, c'est entendu; mais nous arriverons aussi, à bon port, comme eux. Seulement, ce sera plus long!

M. Quinquin ne sachant que quelques mots d'anglais et de norvégien, le professeur lui parlait en français. M. Quinquin lui répondit donc flegmatiquement dans sa langue natale, mais avec l'accent flamand un peu lourd et traînant du nord de la France.

QUINQUIN

— Ma foi, patron, je me suis engagé avec vous pour une campagne; elle finira quand elle finira! mais j'irai jusqu'au bout, avec vous. C'est comme Coulak. A la vie, à la mort, c'est compris. Nous nous suivrons tout du long de votre *Gulf-Stream*. Et ce que n'ont jamais pu bien dire clai-

4

COUPE VERTICALE DU FLOTTEUR « LA PERLE DU SUD »

1. Bouée de sauvetage.
2. Capot d'échelle circulaire et sa porte.
3. Fanal.
4. Porte du balcon.
5. Marchepied-balcon se repliant.
6. Grand panneau. Bouchon obturateur.
7. Prise d'air et tube.
8. Coupole blanche.
9. Matelas caoutchouc sur coffres-lits.
10. Mantelets en bambou se rabattant sur les hublots.
11. Organneaux.
12. Charpente en aluminium.
13. Machines électriques.
14. Ressorts.
15. Blindage cuivre rouge.
16. Bourre de coco.
17. Eau de mer.
18. Soute aux vivres. Pompes aspirantes et foulantes de la Cambuse ou caisse à eau douce, à double fond glissant sur des guides, et servant de lest.

PLANCHER SUSPENDU A LA CARDAN

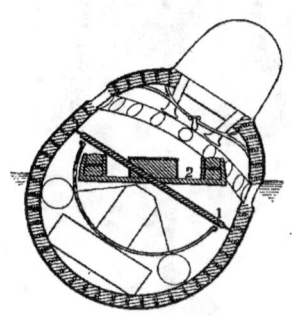

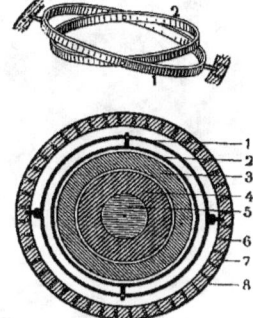

COUPE. PENDANT UNE GRANDE OSCILLATION DU FLOTTEUR   PLAN

1. Premier cercle. — 2. Deuxième cercle. — 3. Divan. — 4. Plancher. — 5. Table. — 6. Ressorts. 7. Bourre de coco. — 8. Blindage cuivre.

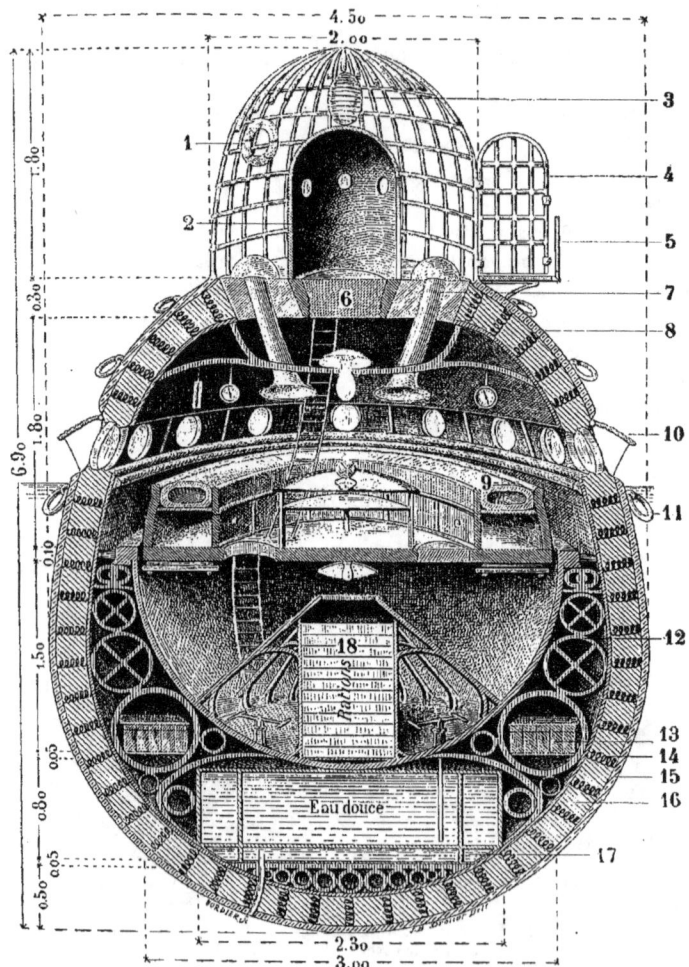

Coupe verticale du Flotteur « La Perle du Sud ».

rement, sur les courants qu'ils ont suivis, tous les flotteurs de bois, de verre, de métal, que des savants ont jetés dans l'Océan, depuis des années, nous, dans la *Perle du Sud*, nous qui sommes des témoins vivants, avec des bons yeux et une bonne langue, et tout ce qu'il faut pour écrire, nous le verrons, nous le raconterons, nous l'enregistrerons avec soin, et j'espère, avec facilité...

M. RISTIGOUCHE

Ce capitaine Sagou ne m'a guère donné d'encouragement. Il m'a répété à peu près toutes les objections qu'on m'a déjà faites à Mobile et ailleurs. Cependant il a oublié de m'affirmer, comme certains l'ont fait, que loin d'être conduit dans les mers boréales, par les prolongements du *Gulf-Stream* au delà du Banc de Terre-Neuve, je serais infailliblement rejeté vers le Sud, aux Açores, aux Canaries, sur la Côte d'Afrique...

QUINQUIN

Hé! ce serait un joli tour qu'il nous ferait faire... ou plutôt qu'il nous jouerait là ce diable de *Gulf-Stream!* — Mais, patron, vous m'avez parlé d'une branche Nord-Est, dont tout le monde sur la mer veut bien reconnaître l'existence... Il faut vous raccrocher à cette branche-là, et ne pas la lâcher!

M. RISTIGOUCHE, *souriant.*

Ma foi, mon cher Quinquin, je ferai tout ce que je pourrai — mais ce tout-là, ce n'est pas grand'chose — pour empoigner cette branche N.-E., comme tu dis, c'est-à-dire le courant européen, car je ne tiens pas à aller voir les Nègres au lieu des Lapons.

QUINQUIN

Et vous aurez bien raison! Coulak, qui est un neveu de Lapons par sa mère, est un gentil camarade, et il me donne envie de voir ses cousins. Mais je ne tiens pas aux négros! je n'aime pas la chaleur d'abord. Je me suis déjà offert assez de calorique comme ça depuis Key-West, bien que notre coupole soit peinte en blanc, un blanc qui est lumineux la nuit avec votre... machin... votre...?

M. RISTIGOUCHE

Sulfure de calcium, perfectionné par le chimiste français Becquerel.

QUINQUIN

C'est ça! Eh bien, malgré votre coupole peinte à la *soufflure de casserole...* en blanc qui repousse les rayons solaires, comme vous dites, je me trouve déjà assez rôti à point. On peut me débrocher!

M. RISTIGOUCHE

Cela ne tardera point. — A Terre-Neuve, vous n'aurez peut-être pas assez d'un jersey de laine sur le corps, Quinquin. Et vous me réclamerez sans doute un peu de feu, bien que la *Perle du Sud* suive un courant d'une belle chaleur, maintenant, et bien que, là-bas, il soit encore tiède...

QUINQUIN

Connu! Après Key-West, votre thermomètre a marqué 30 degrés centigrades, au-dessus de zéro, à 300 mètres sous l'eau!

M. RISTIGOUCHE

C'est un peu moins que la température de l'intérieur du corps humain, mon garçon. Si tu veux t'en assurer...

QUINQUIN

Oh! je vous crois, sans que vous m'enfonciez votre thermomètre dans le ventre! Merci!

M. RISTIGOUCHE

Maintenant, mon ami, je crois qu'il est temps pour nous d'aller rejoindre en bas Coulak, lequel doit ronfler depuis longtemps. Il est onze heures. Mais avant d'aller faire dodo, si nous *estimions* un peu, encore une fois, notre marche? En tout cas, nous ne lâchons pas le nord. L'étoile Polaire est bien devant là-bas et nous ne tournons pas, pour le moment. Allons, *estimons* la vitesse.

QUINQUIN

Compris. Voilà les instruments. Voilà le *Loch* et sa ficelle à *Nœuds* espacés de 15 m. 43, roulée sur son dévidoir, et voilà le Sablier qui coule pendant 30 secondes. Hein, monsieur Ristigouche, je connais mon affaire à présent?

M. RISTIGOUCHE

Bon! Mais il faut que j'installe le *Balcon* maintenant.

En disant ces mots, le professeur manœuvra les fermetures d'une porte à deux battants grillagés qui faisaient corps avec la cage du fanal, et s'ouvraient en dehors. Puis il abaissa et déploya au bas de la porte un petit plancher dont la partie supérieure se relevait en garde-fou.

Sur ce *Balcon*, M. Quinquin se plaça, après s'être ceinturé prudemment le corps d'une large bande d'un souple tissu de cuivre, fixé aux montants de la porte, et il se pencha hardiment au-dessus de la coupole, dominant les flots noirs, par instants.

M. Ristigouche tendit alors à son aide qui s'en saisit un triangle de bois lesté de plomb, le *Loch*, attaché lui-même à la ficelle du dévidoir; puis il tourna le sablier, qui se mit à couler, et commanda : *Mouille!*

M. Quinquin, d'un geste élégant et vigoureux et d'un bras sûr, lança à l'eau le triangle de bois, que suivit sa ficelle, laquelle, faisant tourner le dévidoir, filait entre ses doigts. En même temps, M. Quinquin comptait tout haut les *Nœuds* qui lui passaient dans la main. — Un!... deux!... trois...

— *Stop!* cria M. Ristigouche, lorsque la partie supérieure du sablier fut vide, ce qui fut vite fait.

Alors M. Quinquin, halant sa corde et la roulant de nouveau sur le dévidoir, dit :

— Trois nœuds... et, voyons ça?... et un demi-nœud, commandant!

M. RISTIGOUCHE

Trois nœuds et demi? Bon. Vous savez, Quinquin, que chacun des *Nœuds* filés entre vos doigts dans la 1/2 minute du sablier, ou dans la 120ᵉ partie de l'heure, ce qui est la même chose, *correspond* à une marche d'un Mille marin de 1852 mètres par heure. Donc la *Perle du Sud* fait, pour le moment, 3 milles et demi, ou 6 kilomètres et demi, à peu près, à l'heure.

QUINQUIN

Ce n'est pas beaucoup, monsieur. C'est à peine un peu plus de la moitié de la vitesse d'un *bateau mouche* dans Paris. J'y ai été, moi, à Paris, et je me suis informé. Ils ne font que 12 kilomètres à l'heure dans Paris, et 16 dehors par ordonnance de police !

M. RISTIGOUCHE

Ce n'est pas beaucoup, soit, mon cher Quinquin. C'est même déjà moins qu'à la sortie du Courant du Golfe, où il marchait, large de 55 kilomètres,

profond de 670 mètres, avec une vitesse de 7 à 8 kilomètres à l'heure, le train des grands fleuves…; mais je voudrais bien que la *Perle* flottât toujours avec ces 6 kilomètres que tu dédaignes! Hélas, il se ralentira diablement le *Stream*, quand nous serons… Enfin, patience et énergie !

QUINQUIN.

C'est entendu ! Voilà les instruments remis en place à leur clou dans le *capot d'échelle*. Il n'y a plus qu'à fermer la boutique !

M. Quinquin appelait *capot d'échelle* une tourelle de cuivre, placée au centre de la cage du fanal, et recouvrant le grand panneau circulaire dans lequel se trouvait placé le *bouchon* de la *Bouteille* du professeur. Ce *bouchon* cylindrique, en métal léger, soigneusement ajusté à... son goulot... et se vissant à l'intérieur, en cas de besoin, fermait exactement le *trou d'homme* [1] muni d'une échelle en fils d'acier, par lequel on descendait dans l'entrepont, sous la coupole, enfin dans l'intérieur de la *Perle du Sud*.

Pendant que M. Quinquin remettait en ordre le *loch* et ses agrès, M. Ristigouche relevait et repliait le *balcon*, puis refermait soigneusement les battants de la porte à claire-voie.

Ensuite il donnait un coup d'œil à deux espèces de larges *pommes d'arrosoir*, en cuivre, fixées sur la plate-forme de la cage, de chaque côté de la tourelle, pommes sous lesquelles aboutissaient les tuyaux des prises d'air de l'intérieur. Ces tuyaux étaient munis de soupapes qui se fermaient d'elles-mêmes, lorsque, pendant les coups de mer, il pénétrait par les trous des pommes d'arrosoir à triple enveloppe, une quantité d'eau pulvérisée dépassant une certaine quantité calculée par M. Ristigouche. Les soupapes fermées, cette eau s'égouttait sur la plate-forme de la cage, et jamais ne s'infiltrait dans les tuyaux. Elles manœuvraient à merveille, et, en cas de submersion totale, bien improbable avec la *Perle*, que lestaient admirablement son eau douce elle-même, son magasin central de provisions, et sa charpente intérieure; en cas même de retournement complet, il était impossible à l'eau de mer de les forcer. Au contraire, en ce cas-là, la pression de l'eau eût donné aux soupapes, comme disait M. Quinquin, un tour de clef de plus.

M. Ristigouche, ayant terminé sa ronde, regarda le ciel et la mer, et voyant celle-ci fort agitée, en même temps qu'il entendait le vent siffler dans les barreaux de la cage, il dit à M. Quinquin :

— Tous les *hublots* sont bien fermés en bas, je suppose? Nous allons recevoir une poussée du sud.

— Oh! oui. Coulak a dû s'en occuper avant de dormir. Il est très brave; mais il est prudent le neveu des Lapons.

---

1. *Trou d'homme* : ouverture circulaire par laquelle on s'introduit dans l'intérieur des bouilleurs d'une machine à vapeur.

— Alors, tout va bien. Levez le panneau, mon ami, tandis que je vais clore la porte de la tourelle. Enlevons le bouchon!

— Ça y est, monsieur. On peut descendre. L'escalier est étroit et raide, mais éclairé et solide. Je vous précède, monsieur. C'est l'ordre dans la Marine. Les inférieurs avant les supérieurs, l'aspirant avant l'amiral!

M. Ristigouche suivit bientôt M. Quinquin. Il vissa les écrous intérieurs du grand panneau refermé de nouveau et du « bouchon » remis en place, puis il descendit dans la *Chambre*.

M. Quinquin était déjà étendu, non loin de Coulak endormi, sur les matelas en caoutchouc à air comprimé qui jonchaient une sorte de large divan circulaire établi sur le pourtour de la chambre, au niveau des *hublots*.

De nombreux tiroirs, pratiqués sous ce divan, contenaient les instruments, la bibliothèque, le linge, etc., etc., et enfin la vaisselle du bord, toute en *celluloïde*, assiettes et plats, sauf les couverts, qui étaient en aluminium.

Du reste, tout ce qui eût été en bois à bord d'un autre navire était en *celluloïde*, à bord du flotteur, mais en celluloïde recouvert d'un enduit, fabriqué par M. Ristigouche, et qui rendait ce léger mais dangereux produit tout à fait ininflammable et inoffensif. Par exemple, l'air de la cabine était parfumé au camphre, mais cette odeur était loin d'être malsaine.

Comme il était absolument interdit de fumer dans l'intérieur de la *Perle*, le neveu des Lapons, et parfois M. Quinquin, se permettaient bien une cigarette, mais dans la cage du fanal seulement.

Quand le temps empêchait d'y monter, on ne fumait pas, voilà tout.

Et M. Ristigouche donnait le premier l'exemple de l'abstinence.

Mais il est temps aujourd'hui de permettre à l'excentrique professeur de se coucher à son tour.

Il vient d'éteindre la petite lampe Swain qui éclaire la chambre.

Quittons-le, en lui souhaitant une bonne nuit.

Souhait inutile, d'ailleurs, car M. Ristigouche est las, son matelas est bon, et l'atmosphère de la chambre est assez fraîche, attendu que les tuyaux des prises d'air y entretiennent un courant d'air léger.

De plus, quant au roulis et au tangage, ils ne sont pas à redouter.

Le professeur les a supprimés à peu près, en suspendant, selon le système à la *Cardan*, comme le sont les boussoles et les lampes sur les navires, le plancher lui-même de la chambre, plancher qui porte le divan circulaire et la table fixée au milieu.

Sans cette ingénieuse disposition, les Nains de la *Perle du Sud* seraient secoués parfois comme des rats qu'on veut tuer dans une souricière, et ne cesseraient d'avoir le mal de mer...

Mais la *Perle du Sud* parfaitement lestée, en outre, a beau s'incliner de droite et de gauche, son plancher, ses lits et sa table restaient toujours horizontaux.

Seulement pour que l'équilibre en soit stable, ces messieurs ont soin de s'asseoir, quand ils sont deux, d'axe en axe, sur les tourillons, et, quand ils sont trois, ils mettent, en quatrième, sur le divan, un poids d'objet divers qui égale leur propre poids.

CHAPITRE V

BIOGRAPHIE DE CES MESSIEURS

Comment, où, à quelle époque, MM. George Ristigouche, professeur (de Mobile, Alabama, États-Unis), Jean-Joseph-Baptiste Cambreleng, dit Quinquin, de Dunkerque (dép. du Nord, France), et Oleg Sagène, surnommé *Coulak*, sujet russe, natif d'Arkangel, avaient-ils fait connaissance? C'est ce qu'il n'est peut-être pas inutile de dire pendant que ces trois messieurs dorment à bord de la *Perle*.

M. Quinquin (quatorze ans) et M. Coulak (quinze ans), le premier d'un joli rouge carotte, et le second d'un blond tendre tirant sur l'albinos, flânaient, en rentiers, les mains dans les poches, mais les poches à peu près vides, en janvier dernier, vers midi, le jour de la Saint-Antoine, c'est-à-dire le 15, sur cet immense et large quai, planchéié, qui protège la Nouvelle-Orléans contre les débordements du Mississipi, et qu'on appelle la Levée.

MM. Coulak et Quinquin, sans ouvrage pour le moment, cherchaient à trouver, ou plutôt à retrouver une position sociale.

Mousses de leur état, et camarades depuis deux ans, ils avaient fait partie de l'équipage d'un trois-mâts de Bergen (Norvège) qui, quinze jours plus tôt, — tristes étrennes! — s'était tranquillement enlisé dans la vase sableuse d'une des passes de l'embouchure du Mississipi, et n'avait pu être renfloué.

Ce naufrage à trente lieues du port mit fin à leur campagne.

Dès que la cargaison du navire perdu (*Stockfisch* et *colle de poisson*) fut déchargée, l'équipage, ramené à la Nouvelle-Orléans, se dispersa à la recherche d'engagements sur d'autres bâtiments à leur convenance.

MM. Quinquin et Coulak, munis par les consuls de leurs pays respectifs d'une très petite somme d'argent, avaient, en attendant la bonne chance d'un navire en partance pour l'extrême nord de l'Europe, qui voulût bien les prendre à son bord, exercé différents métiers peu lucratifs, sans épargner leurs peines, car ils étaient laborieux. Ils s'étaient improvisés cotineurs de sacs, de barriques et de boucauts, calfats, peintres, etc., enfin porteurs et distributeurs dans la « *Cité du Croissant* », de *notices*, d'avis, de prospectus...

Parmi ces prospectus se rencontra une circulaire annonçant le prochain départ du professeur Ristigouche, « *l'Homme Condensé* », circulaire rédigée en anglais, en français, en espagnol et en allemand.

Elle était conçue :

« En avant! — Venez sans délai! — Quittez toute affaire!

« L'Homme Condensé (M. Ristigouche, professeur, de Mobile, Alabama) sera encore visible, tous les jours, à huit heures du soir, jusqu'au 15 courant, au « Marché Français ».

« Préalablement réduit à la plus simple expression physique possible, à l'aide d'un procédé de dessiccation tout à fait inoffensif, dont il est l'inventeur, il s'introduira dans une bouteille par le goulot aux applaudissements des spectateurs stupéfaits

« Le système de condensation de M. Ristigouche sera bientôt considéré comme un véritable bienfait par les gentlemen de haute taille, ou corpulents, et par les riches voyageurs toujours si mal à l'aise, malgré leurs millions, la nuit, dans les plus confortables cabines des meilleurs steamers.

« Condensés selon le système de l'honorable professeur, ces gentlemen, ces voyageurs se trouveraient, dans les plus basses et les plus étroites cabines ou chambres, heureux et au large comme les poissons dans l'Océan. La décondensation est absolument sans danger.

« M. Ristigouche s'exhibe ainsi publiquement dans le seul intérêt de la science pure.

« Les sommes provenant de la curiosité sympathique du monde américain sont entièrement consacrées à l'achèvement de la *Perle du Sud*, en
construction à Mobile, un Flotteur unique dans l'univers, la merveille de
l'Alabama, et qu'ils n'auront pas à l'exposition de Chicago!! dans lequel,

condensé, M. Ristigouche
se propose d'étudier les
courants de l'Atlantique
nord, d'une importance si
capitale pour la marine
de commerce de tous les
pays, et de se rendre d'A-
mérique en Europe, par le
Gulf-Stream, sans voiles,
sans rames, sans hélice, et
sans gouvernail. Accourez
donc en foule au Marché-
Français! Le ticket : un
dollar. Les ladies sont
admises. »

MM. Quinquin et Coulak
avaient lu ce bizarre prospectus, et, en leur qualité
de distributeurs, ils de-
mandèrent deux entrées
de faveur au chargé d'af-
faires de M. Ristigouche.
On les leur accorda.

Ils assistèrent donc un soir, en effet, à l'introduction dans une vraie bouteille
d'un petit homme extrêmement ridé, en habit noir, qui leur parut avoir cent
ans au moins malgré ses cheveux bruns.

Le flacon à large goulot où entra et s'assit l'opérateur, lisant un journal,
n'avait pas plus de 80 centimètres de hauteur sur 40 centimètres de dia-
mètre.

— Si ce n'est pas le général Tom Pouce, dit Quinquin, c'est un sorcier.

— Moi, je suis un neveu de Lapons, je ne suis pas bien grand, ajouta Coulak, mais la moitié de mon corps ne tiendrait pas dans ce bocal!

— Mesdames et messieurs, dit le professeur, se levant, et passant la tête hors du goulot de son flacon, je ne suis pas un savant. Je suis un homme ayant appris quelques petites choses et en ayant observé beaucoup d'autres. Si j'ai l'honneur de paraître devant vous ce soir, ayant subi le maximum de condensation, maximum qu'il ne serait nullement nécessaire à un voyageur d'atteindre pour circuler à l'aise dans une cabine étroite, c'est que j'ai voulu montrer, en vous présentant mes compliments, jusqu'à quel degré je puis pousser mon système. Mon poids est diminué en proportion. Cependant, je ne l'apprendrai à personne, il pourrait être encore réduit considérablement. Nous ne sommes que des sels et de l'eau, en résumé. Si quelqu'un dans l'honorable assistance doutait du fait, qu'il me confie, par testament, sa dépouille, et, après sa mort, lui enlevant les 97 0/0 d'eau qu'il contient, je rendrai à ses héritiers son cadavre, à supposer qu'il pèse 120 livres, dans un coffret pesant, contenant et contenu, 25 livres.

Personne n'ayant demandé à devenir le sujet futur de cette suprême expérience, M. Ristigouche poursuivit de sa petite voix grêle et aiguë :

— Que les braves marins, ici présents, et j'ai le plaisir d'en voir plusieurs parmi vous, mesdames et messieurs, ne croient donc pas qu'il leur faudrait être condensés au point où je le suis, ce soir, pour m'accompagner dans mon voyage à bord de la *Perle du Sud*. Une condensation de bien moindre importance suffirait. Mais, hélas! c'est en vain, depuis des mois, que j'appelle à moi les deux hommes de mer dont j'ai besoin dans mon flotteur, tant pour les besoins du bord que pour se dévouer, en qualité d'amis et de collaborateurs, en cas de mort de ma part, à poursuivre mes études sur les *Courants*. Personne ne s'est encore présenté pour me suivre! Personne, et mon flotteur sera bientôt achevé. Mais, qu'importe, s'il faut partir seul, je partirai seul! Le devoir scientifique avant tout!

Ayant prononcé ces paroles, M. Ristigouche sortit de sa bouteille, salua gracieusement le public et se retira.

MM. Quinquin et Coulak quittèrent le *Hall* du *Marché-Français* où avait lieu l'exhibition, tous les deux émerveillés et rêvant.

— C'est pourtant là une fameuse occasion de retourner en Europe, avec honneur et singularité! disait Quinquin. C'est tentant.

— Oui, mais la condensation! Je suis déjà assez petit comme ça, disait Coulak. Et, après le voyage, si ce monsieur ne parvient pas à me *regrandir*, je serai un joli garçon!

C'est à quoi ils songeaient encore tous les deux, le 15 janvier, sur la

levée de la Nouvelle-Orléans, en se promenant les mains dans les poches, et, dans les poches, rien. La vacuité de leurs poches précipita leurs reflexions.

A midi vingt minutes, ils se décidaient à aller voir un peu ce M. Ristigouche, et à causer avec lui.

Annoncés comme marins, l'un français et l'autre russe, au domicile privé du professeur, ils furent introduits rapidement, sur l'ordre du maître du logis, dans le cabinet de travail de cet homme excentrique.

Ils trouvèrent là un beau et frais gentleman, de noble prestance, de cinq pieds six pouces au moins, qui les accueillit gravement.

— Bonjour, mes enfants, leur dit-il doucement en français très correct. Que voulez-vous?

— Pardon, monsieur, dit Quinquin, la main à son béret. Nous aurions voulu parler à M. le professeur Ristigouche?

— C'est moi! mes amis, répondit le gentleman, d'une voix haute et sonore.

Quinquin recula de deux pas, et, dans sa surprise, s'accota contre Coulak, qui poussa un cri douloureux, car son copain lui avait marché sur le pied.

— Pas possible!... au respect que je vous dois?... murmura enfin Quinquin. Mais...

— Si, si! C'est bien moi. Vous m'avez vu hier dans ma bouteille, mais aujourd'hui je suis chez moi, et je me mets à l'aise. Je me dilate dans l'intervalle de mes exhibitions. On se met au large quand on a le temps.

— Mais vous aviez cent ans, hier!

— J'en ai trente-cinq, à présent. Mais, d'abord, asseyez-vous, je vous prie, et prenons un léger « rafraîchissement » avant de parler du but de votre visite, que je devine, auquel je souscris d'avance avec plaisir, car vous me semblez deux braves garçons qui n'ont pas froid aux yeux. A votre santé, messieurs!

— A la vôtre, monsieur! Et alors, comme ça, monsieur le professeur, se hâta de dire Quinquin, son verre à la main, vous avez besoin d'un petit équipage sur votre... flotteur?...

— Et, vous, vous avez bien envie d'en essayer, n'est-ce pas, de mon flotteur?...

— Dame, ça dépendra, fit Quinquin.

— Et puis, cette condensation?... ajouta Coulak, tout bas, en russe.

Le professeur l'entendit, car c'était un vrai polyglotte, et il lui répondit:

— Ce n'est rien. Vous voyez que je ne m'en porte pas plus mal. Au contraire! Mais racontez-moi votre histoire, mes enfants.

Ils racontèrent leur petite histoire, bien simple. Quinquin et Coulak avaient encore chacun leur mère. Ils naviguaient pour vivre et la faire vivre.

Ils avaient déjà beaucoup voyagé, malgré leur jeunesse, depuis l'âge de douze ans. Ils dirent aussi leur naufrage, leur triste situation présente, et leur désir de retourner en Europe.

— Êtes-vous des hommes trempés, ce qu'on appelle trempés? demanda M. Ristigouche; mon voyage exigera beaucoup de patience, de ténacité, de courage, de discipline. Il sera dur, périlleux même. On y peut mourir.

— Dame, dit Quinquin, il n'y a jamais beaucoup de roses à cueillir sur la mer. Nous savons ça. Mais si vous assurez, avant de partir, une bonne petite somme à nos mères, nous sommes vos hommes.

— Des hommes trempés, hein? là, bien trempés?

— Trempés? Il s'agit de s'entendre sur le mot. Coulak, que voilà, un neveu de Lapons par sa maman, est aussi par son père le petit-neveu du soldat russe qui, pendant la grande inondation de la Néva, à Saint-Pétersbourg, en 1824, est resté ferme au poste, où on l'avait mis en sentinelle, à la grille du Palais d'hiver, avec de l'eau déjà jusqu'au cou [1]. Il y aurait péri, fidèle à la consigne jusqu'à la mort, si son sergent ne s'était rappelé qu'il était là et n'était venu le sauver dans une barque. Coulak est donc trempé... par son grand-oncle!

— C'est un bon antécédent.

— Quant à moi, c'est au feu et à l'eau que j'ai été trempé, comme vous dites. Je suis resté l'avant-dernier sur le beaupré en fer creux d'un navire incendié. Nous nous étions tous réfugiés sur ce mât, un vrai tube, où la flamme s'engouffrait à la fin. Quand il m'a paru un peu trop brûlant, ce qui fait que je n'aime plus la chaleur depuis ce temps-là, j'ai été me rafraîchir dans la mer, où les embarcations d'un autre navire m'ont repêché, mais il n'était que temps! Si ce n'est pas là recevoir une trempe véritable, je donne ma démission.

— *All right!* s'écria le professeur. Vous me paraissez devoir être les deux garçons qu'il me faut. Du courage, de la gaieté. On ne s'ennuiera pas à bord. Et puis du sang-froid. Bien...

— Seulement, monsieur, pardonnez-moi la question, c'est bien en Europe, et dans l'Europe du Nord, d'après votre circulaire, que vous nous mènerez?

1. Le fait est historique. Ce héros du devoir militaire se nommait Pétroff.

— Atteindre, par le *Gulf-Stream*, les côtes septentrionales de la Nor-, vège, c'est mon but et mon désir. Mais la traversée durera bien des mois sans doute! Six au moins.

— Bah! à trois, dans un bon flotteur, cinq ou six mois, ce n'est pas une affaire! Ça passera vite. On n'est pas à Mazas, dans un bon flotteur. On est libre. On va, on vient. On travaille. On se distrait. On pêche à la ligne. Et puis le soir on s'amuse. Moi je joue de l'accordéon. Je chante. Nous avons ça dans le sang, à Dunkerque, la musique! Quant à Coulak, il joue aux échecs, et il fait de la dentelle au crochet, ou du tricot, comme une grand' mère! Regardez ses bas. C'est lui qui les a rédigés!...

— Bon tout cela, fit M. Ristigouche. Nous en reparlerons ce soir et demain. Ce soir vous dînez avec moi. Considérez-vous comme engagés.

— Et la condensation, *Gospodine*? demanda Coulak.

— Mon garçon, je vous y préparerai dès demain. Il faut y aller en douceur! Mais nous avons le temps. La *Perle du Sud* ne sera transportée de Mobile, et mise à l'eau, à Key-West, que le 24 février prochain.

En effet, à la date fixée, l'*Homme condensé* et ses deux matelots prenaient la mer, à la sortie du *Courant* du *Golfe*, aux acclamations enthousiastes de milliers de ces spectateurs aux figures rouges, noires, chocolat, verdâtres, oranges, acajou, qui font de Key-West une vraie Babel de marins et d'aventuriers de toute race et de tout langage.

Des centaines d'embarcations les accompagnèrent pendant quelques milles sur l'azur magnifique des eaux floridiennes.

Le soir, par tous les fils électriques, courait, dans les Antilles, dans les deux Amériques et en Europe, la nouvelle, *câblée* partout, du départ de la *Perle du Sud*, nouvelle que la presse détaillait, commentait et propageait à des millions d'exemplaires.

Aide et protection étaient demandées dans tous les consulats des ports de l'Atlantique pour les nouveaux *Argonautes-pygmées* qui s'en allaient hardiment à la découverte, non de l'or périssable d'une Toison lointaine, mais à la poursuite de cette chose qui se dérobe longtemps dans l'inconnu, et qui ne meurt jamais une fois qu'on l'a trouvée : la Vérité.

CHAPITRE VI

LES CRÊPES EN BOIS

A six heures du matin, le lendemain de la visite des touristes de la *Mary* au Flotteur de M. Ristigouche, M. Quinquin se réveilla en sursaut, en criant :

— On se bat dans les rues! Entendez-vous le tambour! Holà, Coulak. C'est une émeute. On bat le *rappel!*

Coulak, qui, depuis l'aube, respectant le sommeil prolongé de ses compagnons, était debout, ou plutôt assis sur son matelas, et faisait du *crochet*, regarda son ami avec l'air de se demander s'il n'était pas en proie à un accès de fièvre chaude.

Quinquin un peu remis de son premier émoi, mais tendant toujours l'oreille à un bruit particulier, se frotta les yeux, vit Coulak travaillant à son ouvrage de demoiselle. Il se mit à rire, et de l'idée qu'il avait eue de se croire dans une rue, et de la mine effarée de son copain.

Celui-ci lui dit tranquillement à voix basse malgré son air effaré :

— Tu as entendu le tambour? Tu rêvais. Tu te croyais encore avec ces réfugiés cubains de Key-West qui complotent tous les jours une expédition à la Havane.

— Oui, je rêvais... Mais, non, c'est bien un vrai bruit de tambour que j'ai entendu, et écoute, Coulak, je l'entends encore.

M. Ristigouche réveillé à son tour par la conversation de ses garçons, se mit sur son séant, regarda l'heure à sa montre, et dit :

— Oh! qu'il est tard! Bonjour, mes amis. Qu'est-ce que vous parlez de tambour?

— Oui, patron, j'entends le tambour... Prêtez l'oreille!

— Quel temps fait-il? demanda le professeur.

—Beau temps, belle mer, plus de vent.

— Alors, ouvrez un *hublot*. Nous allons voir ce que veut dire ce bruit.

Le hublot ouvert, on entendit distinctement un roulement continu qui semblait s'élever de la mer.

— Oui, dit M. Ristigouche, j'entends un singulier ronflement. Est-ce qu'il viendrait de nos bobines électriques?... Éteignez le fanal, Quinquin. Nous sommes en retard. Il fait grand jour. Est-ce qu'il y aurait quelque chose de dérangé dans mon condensateur?... Diable !

— Pardon, patron, le bruit ne vient pas de la cale. C'est de l'extérieur, sous l'eau... chez les marsouins...

— Ah!... bon!... j'y suis à présent! Il faut avouer que je n'ai pas la mémoire nette ce matin. J'ai beaucoup trop dormi. Mais j'y suis! Ce n'est pas l'écho d'une école de tambour, Quinquin, qui nous arrive à présent...

— Ça y ressemble joliment!

— Ce sont des Sciènes!... des Sciènes qui jouent...

— Quoi! les madames des chiens-de-mer, *Gospodine* [1]? demanda dans son français rudimentaire, le petit Coulak, tranquille, mais plissant ses petits yeux de Chinois aux cils blancs.

— Eh bien, ce sont de fameuses bavardes alors, vos chiennes!...

— Mais non, garçons. Je n'ai pas parlé de chiennes. Il s'agit des *Sciènes*, autrement nommées : poissons-tambours. Ils sont communs dans les mers de la Floride. Je l'avais oublié.

— Alors, il faut que vos Si... Schi... chiennes aient le gosier doublé de peau d'âne pour battre si bien le *rappel* et la *générale*.

— Elles n'ont pas le gosier en peau d'âne. Et, d'ailleurs, entre parenthèses, la peau d'âne des tambours, depuis bien des siècles, n'est que de la peau de veau ou de mouton. Mais, sans vélin et sans parchemin tendu sur une caisse en bois, c'est bien la *Sciène*, quand elle joue à cache-cache avec ses camarades, au printemps, qui produit ce grondement continu. Ce tambour de mer est, de plus, un excellent manger. Il a la forme et les belles couleurs d'une Perche, mais gigantesque.

— Si j'essayais d'en pêcher une, patron?

— Oh! elle mordrait fort bien à nos lignes, mais le difficile serait de l'amariner à bord. Contentons-nous de plus modeste fretin.

— Alors, tout à l'heure, j'irai dire un petit bonjour aux simples merlans. Ils sont encore gras à cette époque.

— Oui. Mais, d'abord, n'oublions pas de faire un bout de toilette. Ne gaspillons pas l'eau douce, cependant, messieurs, ajouta le professeur. Nous en avons encore trois mille litres passés... dans la cambuse, et à 5 litres par jour et par homme, même après six mois de voyage, il nous en restera encore... mais il faut songer à la cuisine et au blanchissage.

— C'est entendu, patron. Mais je n'en reviens pas de vos *Sciènes*, avec leur tambour intérieur...

— Beaucoup d'autres poissons des mers tropicales, ou boréales, font entendre aussi des sons remarquables.

— Alors pourquoi dit-on : muet comme un poisson?

1. *Gospodine* : *Seigneur, Monsieur,* terme respectueux en s'adressant à un supérieur, en Russie.

— Parce que, en général, ils ne sont pas des orateurs perpétuels et des babillards comme... certaines personnes que...

— Il suffit, *Commodore!* Compris.

Quinquin se tut et se mit à se laver la figure avec énergie.

Coulak exécutait la même opération de son côté. Mais en se débarbouillant, le nez et la bouche dans sa serviette, il produisait un tel bruit que Quinquin, malgré la remarque du « *Commmodore* », ne put s'empêcher de murmurer :

— Allons, voilà l'*homme-tambour* à présent! Dis donc, Coulak, tu es un neveu de Lapons, c'est entendu, mais à t'entendre pour le moment, tu dois être aussi de la famille des cétacés. Quel *souffleur!*

Coulak, toujours calme, cligna ses petits yeux, gonfla ses joues proémi-nentes de Tartare, rit, et dit :

— *Dourak !*

— Qu'est-ce que tu chantes maintenant? C'est un cri de corbeau, ça, *Dourak?*

— Ah! Ah! fit M. Ristigouche, qui brossait soigneusement ses ongles, il ne vous l'envoie pas dire. Il vous appelle... en français...

— *Him... bi... cile...,* articula difficilement Coulak.

— Ah! imbécile? C'est bon, c'est bon! je te pardonne. Pauvre Coulak, il ne sait pas la valeur des mots. Fais donc du crochet, malheureux.

— A propos de crochet, songeons aux hameçons, et montons sur le pont, mes enfants, dit le professeur.

— Oui, c'est ça, débouchons la bouteille! et allons prendre l'air, *Commodore* [1]!

Les deux petits matelots, suivis de leur chef, gravirent prestement l'échelle de corde, manœuvrèrent la grande soupape et son panneau et ouvrirent la porte de la tourelle.

Le professeur leur avait distribué auparavant, et s'était offert à lui-même,

[1]. *Commodore*, titre donné à un capitaine de vaisseau commandant temporairement une division de vaisseaux de guerre, dans plusieurs marines étrangères.

une galette mince de *gluten* séché de son invention, et qui remplaçait le pain.

Leur arrivée sur le pont, dans la cage, produisit comme une explosion de bruits d'ailes et de cris aigus. Et ils virent s'enfuir, à leur aspect, dans toutes les directions, une foule de gros oiseaux de mer présque tous blancs et noirs, gris et roux, qui avaient pris, et prenaient tous les jours, d'ailleurs, la *Perle du Sud* pour un perchoir agréable, offert à leurs pattes, au milieu des mers, par la Providence.

— Eh! dites donc, messieurs, leur cria Quinquin, alors, ça va être tous les matins la même chose? C'est du propre! Et vous avez mis le pont et la coupole dans un bel état! C'est encore bébé Coulak et bébé Quinquin qui vont être obligés de nettoyer vos cacas? Merci!

Après ces exclamations comiquement indignées, les voyageurs contemplèrent la vaste étendue d'un bleu limpide, le désert d'eau, circulaire, dont ils occupaient le centre, et sur lequel tombaient les rayons d'un soleil radieux.

Des poissons-volants, par milliers, s'élançaient des flots, poursuivis par des *Bonites* affamées, et après un moment de vol pénible, retombaient pour reprendre de nouveau leur éphémère essor au-dessus des lames.

Autour de la *Perle du Sud*, de gros poissons, larges et ronds comme des lunes, rayés de couleurs prismatiques, allaient et venaient tranquillement.

M. Ristigouche les montra à son équipage, en disant :

— Vous voyez que les *Chétodons* ne nous ont pas quittés. Ils nous suivent fidèlement. Cependant, entre nous, j'ajouterai que ce ne sont pas, je suppose, nos camarades d'hier. C'en est d'autres évidemment, mais ils ont les mêmes habitudes. Les *Chétodons* accompagnent tous les objets flottants qu'ils rencontrent.

— Par curiosité?

— Oh! non! mais parce que aux objets flottants s'attachent un tas d'*anatifes* et autres bestioles comestibles pour ces messieurs. Or les épaves, les paquets de raisins de mer, d'algues, etc., sont pour eux des buffets mobiles toujours bien garnis. Et puis, les poissons sont loin de détester l'ombre et la fraîcheur. Notre bâtiment est pour eux un bon parasol.

En ce moment, Coulak, grimaçant et clignant des yeux, montra à son ami une véritable flottille de gros coquillages élégants qui glissait à la surface de l'eau en bon ordre.

— En voilà des escargots! s'écria le Dunkerquois. Mais, alors, il n'en reste plus dans la Bourgogne!

— Ils vous semblent de la taille des escargots, parce qu'ils sont loin, dit le professeur, mais ils sont beaucoup plus gros, et ce sont des Nautiles, des *Argonautes*. Ils voguent, dressant certaines de leurs cornes, des tentacules, au vent, comme des voiles, et ramant avec les autres. La journée sera belle et calme. Sans cela, vos escargots, mon cher Quinquin, replieraient leurs voilures, et plongeraient.

En écoutant le patron, Quinquin mâchait énergiquement, et avalait non sans difficulté, le restant de sa sèche galette de *gluten*. M. Ristigouche lui dit en riant :

— Mastiquez, mastiquez, mon garçon! Vous avez de bonnes dents. Il faut faire agir votre broyeur. Comme nous devons vivre surtout d'*Extraits* de viande et de légumes qui n'exigent aucun effort pour être ingérés, notre estomac, à la longue, n'ayant presque plus rien à faire, deviendrait paresseux. En outre, mastiquer fait jaillir la salive, et elle est indispensable à l'estomac. Mastiquez! mastiquez! Il faut que tous les muscles de votre bouche et de votre gosier fassent de la gymnastique.

— C'est bien, *Commodore*. Compris. Elles passeront tout de même vos *crêpes en bois*!

Coulak, imitant Quinquin qui s'était remis à mâcher sa crêpe en bois avec les mines d'un chien qui tâcherait d'avaler des pains à cacheter collés à son palais, s'évertua de son côté à mastiquer, mastiquer, mastiquer.

Mais, de temps en temps, il jetait une miette de sa galette à la mer, et sur le champ, des oiseaux qui semblaient tomber brusquement du ciel, car on ne les voyait pas une seconde avant, se précipitaient sur la miette flottante et se la disputaient avec des batailles et des cris perpétuels.

— Quelle superbe et tranquille matinée, pour le mois de mars, à si peu de semaines de l'équinoxe, fit remarquer M. Ristigouche. Pourtant un peu de bourrasques du sud-ouest ne nous ferait pas de mal.

Quinquin l'écoutait rêveur.

— A quoi donc songez-vous, Quinquin? dit le professeur.

— Je songe... que vous avez parlé du mois de mars, patron, et je me suis rappelé la bonne bière de ce mois-là, qu'on boit, à deux sous la chope, au bas de la tour du *Leughnaër*, sur le port, à Dunkerque. Ah! sapristi, par le soleil qu'il fait ce matin, comme j'en avalerais bien pour quatre sous, moi!

7

— Que voulez-vous? Il faut nous contenter de notre grog au thé. C'est sain, frais, tonique... Il y a aussi du lait condensé...

— Oh! oui, — mais une chope *del brune*, de deux sous!... soupira le Dunkerquois aux cheveux rouge-carotte.

— Allons, secouons la torpeur, garçon! Et tâchons de pincer un joli merlan. Aux lignes! aux lignes!

CHAPITRE VII

AVANT LE DÉJEUNER

Les lignes, de fines cordelettes en chanvre de Manille, extrêmement résistantes et incorruptibles, furent amorcées et on les lança du haut du *Balcon* déployé. On les tenait tendues à la main, mais elles étaient amarrées aux barreaux de la cage du fanal.

Le premier poisson que pêcha Quinquin, ce fut... hélas, un oiseau! Oui, un *Pétrel*, qui glissait ou plutôt qui courait sur ses pieds palmés dans le creux des lames et qui aperçut l'appât au moment où il tombait à côté de lui. Il se jeta dessus et fut pris par le bec.

M. Quinquin n'était pas content! Il hala sa ligne, décrocha le malheureux oiseau, lequel ne valait pas la peine d'être gardé, sec et coriace à manger qu'il est, et il le lâcha. Le pétrel s'enfuit avec des cris perçants.

— Je veux bien mastiquer, grogna le mousse, mais pas un monsieur

comme ce poulet-là!... et, à propos, patron, pourquoi ça s'appelle-t-il un
pétrel?

— Son nom est une corruption de *Peter*, Pierre, Petit-Pierre, et il lui a
été donné parce qu'il semble marcher sur l'eau, comme a fait saint Pierre,
à ce qu'on dit.

— Eh bien, qu'il se promène tranquillement sur l'eau, le petit Pierre,
car je ne le mettrai jamais à la casserole... mais qu'est-ce que tu as, tout à
coup, Coulak? Tu fais une grimace de possédé. Ça mord, mon ami, ça mord!
hale dessus!

Dans les profondeurs des flots un poisson, invisible, avait en effet si brusquement saisi la ligne de Coulak, que les doigts du pauvre neveu des
Lapons étaient tout écorchés. De là sa grimace douloureuse. Mais, froid et
tenace, sans lâcher sa ligne tendue à rompre, il la tirait à lui de toutes ses
forces.

Le professeur vint à son aide. Après une lutte vive, malgré sa résistance
désespérée, la bête prise apparut, se débattant avec des mouvements terribles, à la surface de l'eau.

— Mais c'est un cerf-volant en chair et en os! cria Quinquin, et un fameux!
Oh! qu'il est laid!

— Non, dit le professeur, reprenant haleine, tout en tirant sur la corde-
lette de Coulak, non ce n'est pas un cerf-volant, c'est un *Diable de mer*, une
espèce de raie. Elle est énorme et nous ne l'aurons jamais. Elle a au
moins trois mètres de largeur. Halons, Coulak, non pour l'amener à bord,
mais pour perdre le moins possible de votre ligne si elle casse, et elle va
se rompre certainement!

Le *diable de mer* donnait de la tête et des nageoires en effet, comme un
cerf-volant donne de la tête et de la queue par un grand vent, quand il est
mal équilibré. C'était effrayant.

— C'est grand au moins comme une voile de cacatois, dit Quinquin.
Halez!

Une double clameur de dépit lui répondit.

Le diable de mer avait brisé la ligne, emportant l'hameçon et quelques mètres de la corde au fond de l'eau.

Mais au moment où ce fait regrettable se produisait, et tandis que Coulak

CE N'ÉTAIT PAS UN CERF-VOLANT, C'ÉTAIT UN DIABLE DE MER.

léchait ses doigts fortement meurtris, Quinquin capturait une belle dorade.

C'était tout ce qu'il fallait pour ajouter un plat de plus et un plat frais aux *Extraits* de viande et de légumes dont le professeur Ristigouche avait comprimé près de 1200 rations, contenues avec les autres provisions, également condensées sous un petit volume, dans la *soute* bâtie, au centre de la *Perle*, sous le plancher oscillant.

Ces *extraits*, que Quinquin appelait *la boustifaille en pilules*, formaient deux fois par jour, délayés, et absorbés chauds ou froids, la nourriture habituelle du bord, avec les *crêpes en bois* pour accompagnement. Le lait dilué, ou le grog de thé, aiguisé de quelques gouttes de cognac, servaient à faire passer le tout. Pour dessert, M. Ristigouche distribuait des pastilles aux fruits, des bonbons acidulés, des globules sucrés *d'extraits* de coca, de noix de kola, et enfin même de vraies pilules de substances anti-scorbutiques sous une enveloppe agréable à croquer.

La dorade pêchée par Quinquin, écaillée par lui sur-le-champ et vidée, fut confiée aux bons soins du neveu des Lapons, dont c'était le jour de cuisine. M. Ristigouche lui recommanda d'être bien prudent avec la marmite à lampe d'alcool, entourée de toile métallique, d'ailleurs, qui était l'unique fourneau du bord. Mais il savait pouvoir compter sur la prudence du jeune Russe. Et c'était en vertu d'un règlement, tous les jours consulté et suivi, qu'il lui rappelait l'affreux danger d'un feu à bord, malgré toutes les précautions prises pour y échapper.

Coulak, soufflant toujours sur ses mains endolories, descendit dans la *Chambre*, et déposa son poisson sur la table ronde qui en occupait le milieu, table ayant elle-même, au centre, une boussole, dans sa boîte, que surmontait une petite sphère terrestre.

Puis, soulevant, aux pieds de la table, une *écoutille* ronde, il descendit, toujours très grave, sous le plancher suspendu de la *Chambre*, à l'aide d'une seconde échelle en fils d'acier tordus. Dans cet entrepont, dont la *soute* aux vivres remplissait le centre, il y avait, entre autres objets et usten-

siles, deux pompes, toutes deux aspirantes et foulantes. L'une destinée à
prendre ou à introduire de l'eau douce dans la *cambuse*, l'autre à introduire de l'eau de mer dans cette même caisse ou à l'en extraire. Une cloison,
mobile, parfaitement agencée, interdisait, bien entendu, tout mélange entre
les deux liquides. Mais à chaque litre d'eau douce puisée au-dessus de la
cloison, la même quantité d'eau de mer était refoulée, injectée au-dessous
de cette cloison. De sorte que le poids de la cambuse, portion considérable
du *lest* du flotteur, ne devait pas varier, ou de peu de chose. L'eau salée
étant plus pesante que l'eau douce, la *cambuse* remplie totalement d'eau
de mer, aurait été un peu plus lourde qu'avant, voilà tout. Mais la consom-
mation quotidienne des rations solides devait balancer la chose, en dimi-
nuant le poids de la soute.

Coulak ayant pompé quelques litres d'eau à boire dans un joli broc d'aluminium, envoya donc sur-le-champ, avec l'autre pompe, dont le tuyau à
soupape plongeait dans la mer en dehors de la doublure en cuivre du flotteur, quelques litres d'eau salée dans la partie inférieure de la *cambuse*.

Puis il passa en revue, de l'œil, les objets et ustensiles, agrès et apparaux
de toute sorte, arrimés solidement, partout, dans les espaces que laissaient
vides entre eux, les fermes et les arcs de cercle de la charpente du flotteur,
charpente construite uniquement en aluminium, métal tenace extrêmement
léger; deux fois plus que l'argent et trois fois plus que le fer.

Le tangage, le roulis, les lents tournoiements que subissait très souvent
et parfois avec violence, la *Perle du Sud*, n'avaient eu aucun effet sur les
objets en question. Tout était en place et en ordre dans ce curieux magasin.
Quant à la machine électrique, une machine perfectionnée par M. Ristigouche, ou plutôt créée par lui de toute pièce pour le service d'éclairage,
elle était installée, avec ses fils, ses appareils, ses piles, ses bobines
rotatives, etc., etc., avec un soin particulier, dans un endroit isolé, à
l'épreuve de tout choc, capitonné comme pour servir d'asile à un enfant au
maillot.

Ayant passé le tout à l'inspection, et satisfait d'elle, M. Coulak prit son
broc, se munit de trois rations d'*extraits*, dans la soute, remonta dans la
Chambre, abaissa l'écoutille du plancher, et se mit en devoir de préparer
le déjeuner.

Pendant qu'il fait la *popote*, MM. Ristigouche et Quinquin sont loin d'être inoccupés sur le pont.

Ils le lavent à l'eau de mer, et fourbissent l'enveloppe de cuivre des barreaux d'acier de la cage du fanal. Le fanal est examiné, les réflecteurs sont polis et les lentilles nettoyées. La lanterne de verre qui contient l'appareil, quoiqu'elle ait reçu déjà des assauts assez vifs de la part des lames, dans les coups de vent, n'a pas une fêlure.

M. Ristigouche s'applaudit alors d'avoir employé pour la lanterne comme pour les hublots, un verre trempé, dit incassable, où a été noyé pendant la fusion, un solide et délicat treillis de cuivre... c'est une invention moderne!

Le verre peut se fêler, mais les fragments sont maintenus en place par les mailles de cuivre.

Cependant M. Quinquin, qui n'aime pas à garder trop longtemps sa langue dans sa poche, se met à dire :

— Notre lanterne me fait penser, monsieur, que, cette nuit, au petit jour, j'ai ouvert un œil; pas beaucoup d'ailleurs; et par le hublot, il m'a semblé voir la lueur d'un phare, à l'horizon, du côté de l'Orient.

— Un seul phare?

— Dame, s'il y en a un autre, je n'ai pas attendu qu'il passât devant moi. J'avais trop sommeil.

— Eh bien, nous avons dépassé alors les phares placés sur deux des innombrables îlots qui font suite à ceux de Bémini, au nord, en avant des Grandes Bahama, îles que les Anglais, leurs propriétaires, appellent les Lucayes. Ce sont les phares de *Gun-Cay* et d'*Issac-Cay. Cay, Caye, Key,* tout cela veut dire des roches, des pierres...

— Caye... caillou, alors?

— Oui, du latin *Calx,* chaux, d'où les Espagnols ont tiré *cayo,* je suppose.

— Oh! je regrette de n'avoir pas mieux regardé, sur leurs cailloux, ces phares anglais.

— Si vous avez vu si distinctement la lueur de l'un d'eux, c'est que nous en étions à peu de distance. Heureusement le vent ne venait pas de l'Ouest. Sans cela, sur ces écueils, bâtis comme tous ceux de la côte de Floride par les polypes et les madrépores, depuis des siècles, et maintenant encore, écueils

8

qui sont les plus terribles de toutes les mers, notre *Perle* eût subi de grandes épreuves.

— Diable!

Quinquin ayant fait cette réponse montra à M. Ristigouche un gros point noir qui flottait à quelques mètres de la *Perle*, et ajouta :

— Eh bien, monsieur, le *Coco* qui se promène là-bas n'a pas l'air de se douter que les *maisons de pierres* élevées autrefois par les polypes, et qui forment aujourd'hui les récifs les plus dangereux, pourrait lui fracasser sa coquille! Il s'en va tout tranquillement, montant, descendant les lames, et poursuivant son petit bonhomme de chemin... Eh! mais, patron!... je le connais ce Coco-là! C'est celui que j'ai déjà remarqué depuis deux jours. Je le reconnais à son toupet sur sa tignasse de bourre mal peignée. Quand il passera près du bord, je le harponnerai et je lui ferai une marque. Je lui nouerai un ruban au cou, à ce brave Coco, après quoi je lui rendrai la liberté. En voyage, il faut être gentil avec ceux qui font route avec vous. Ce sont des amis.

— Quinquin, mon petit Quinquin, il ne faut pas rire tout le temps. Passons aux choses sérieuses. Voilà le soleil au zénith. Il va passer au méridien, ici. Il faut que j'établisse notre Point, le point où nous sommes à présent, et cela à l'aide de petits calculs, — que je vous apprendrai à faire bientôt si vous n'avez pas la tête trop dure, — et qui vont me donner la *latitude* et la *longitude* de ce point.

— Latitude? Voilà, patron. La latitude, récita Quinquin, tout d'un trait, est la *distance d'un lieu terrestre à l'équateur*, mesurée en degrés, et divisions de degré, du méridien de ce lieu... On l'obtient en calculant (car elle l'égale) la hauteur du pôle au-dessus de l'horizon du lieu... ouf! Les méridiens sont perpendiculaires à l'équateur.

— Bon. Et la longitude?

— La longitude, récita de nouveau Quinquin, c'est la *distance du méridien d'un lieu au Premier méridien...*

— Ce *premier* méridien pour moi, dit le professeur, c'est celui de Paris. Je le préfère à celui de Greenwich, adopté par les Anglais et les Américains, parce que du méridien français certaines nations semblent faire fi depuis quelque temps, et ensuite parce que je descends des colons français qui ont fondé Mobile... et que j'adore la France! Mais continuez...

— La longitude, c'est la distance du méridien d'un lieu au premier méridien choisi, distance mesurée en degrés et divisions de degré sur celui des cercles *parallèles* à l'équateur (d'où leur nom de parallèles) sur lequel se trouve ce lieu; cercle qui est indiqué par la latitude.

— Bien. Maintenant, allez, je vous prie, chercher mon sextant, un crayon, du papier, le chronomètre qui porte le n° 1, et la brochure bleue intitulée *Extrait de la connaissance des temps*.

— Toujours des *Extraits* alors! C'est comme pour le dîner et le déjeuner, dit Quinquin en descendant dans la Chambre.

Il revint bientôt avec les objets demandés et le sextant. La description et le maniement de cet instrument qui sert à prendre la hauteur des astres et leurs distances angulaires nous entraîneraient trop loin, et seraient hors de la portée de nos petits lecteurs. En le remettant à M. Ristigouche, Quinquin demanda :

— Alors votre chronomètre n° 1, c'est celui qui marque l'heure de Paris.

— Oui, mon ami. Il est réglé sur l'heure de Paris. Et regardez, vous voyez que le soleil, qui va seulement passer à notre méridien, ici, en nous donnant le midi... vrai, a déjà passé depuis longtemps au méridien de Paris. Le chromomètre marque 5 heures 28 minutes.

— Du matin?

— Non! Du soir! Car nous sommes à l'ouest du méridien qui traverse la capitale de la France, et dans son mouvement apparent, le soleil marche d'orient en occident, de l'est à l'ouest. Il ne va pas à Paris, le soleil, en ce moment. Il en vient, mon ami, il en vient!

— Oui; seulement ce n'est pas le soleil qui marche, ce n'est qu'une apparence, je le sais. C'est la terre qui marche et, en même temps, tourne sur elle-même.

— C'est la vérité. Mais pour en finir avec notre chromomètre, c'est en comparant l'heure d'ici avec celle de Paris, et en transformant en *degrés* leur différence exprimée en *temps*, que j'aurais nos degrés de longitude.

— Je vous crois, sans comprendre; mais ça viendra, patron.

— Merci ! Mais maintenant plus de bavardage. Laissez-moi opérer, observer, calculer.

Ayant noté les indications fournies par le sextant, consulté la brochure à couverture bleue, aligné des chiffres, M. Ristigouche annonça à son petit compagnon que la *Perle*, sauf corrections et modifications de détail ultérieures, se trouvait par le 27° de *latitude nord* et par le 82° de *longitude ouest*.

Les calculs achevés, le professeur fit jeter le *loch*, et c'était pour la quatrième fois de la matinée. La marche de la *Perle* était toujours à peu près la même que la veille.

— Ce soir, reprit M. Ristigouche, vous me verrez comme hier inscrire sur mon *Journal*, après les observations que nous avons faites depuis vingt-quatre heures sur les vents, l'état de la mer, le thermomètre, le baromètre, les nœuds filés, les *milles* parcourus, etc., etc., cette longitude et cette latitude que je viens de noter, et qui me donneront le moyen de marquer, sur la carte, notre « POINT », le point que nous occupions aujourd'hui, à midi, dans le canal de Bahama. Hélas, il sera bien près du *point* que j'ai marqué hier, à midi. Mais patience! Petit à petit, degré à degré, nous nous élèverons vers notre but, dans le Nord. Comme j'espère bien aller jusqu'au 71° degré, à la latitude du Cap Nord, il ne nous en reste donc plus à faire que... 44.

— Bon! ce n'est rien, 44 degrés! Une promenade, 44 degrés!

— Hum! toussa le professeur en riant. C'est tout de même assez... gentil!...

— Et alors, monsieur, reprit Quinquin, vous dites qu'il est pour lors, à Paris...?

— Cinq heures et demie, au moins, depuis que nous causons!

— Et dans mon pays? à Dunkerque?

— Mais, mon ami, vous devriez savoir, vous, un Dunkerquois, que Dunkerque se trouve, à très peu de... chose près, sur lo même méridien que Paris, et que, par conséquent, l'heure y est à peu de chose près la même qu'à Pa...

— Comment! s'écria Quinquin avec indignation. Il est déjà chez moi cinq heures et demie... passé. et je n'ai pas encore déjeuné!... Oh! patron, que j'ai faim!

— Eh bien, alors, voilà Coulak qui corne à point, ce me semble, mon cher Quinquin.

Effectivement, par la porte ouverte de la tourelle montait le son rauque et aigu d'un cornet à bouquin, le signal du bord, dont on devait user pendant les brouillards.

— Bravo! Voilà le tramway de la cuisine qui passe! Les voyageurs pour la soupe, en voiture!

Quinquin, en criant cette plaisanterie, rassemblait précipitamment les instruments d'observation de M. Ristigouche, et précédant le professeur, qui ne manquait pas d'appétit non plus, il descendait dans la *Chambre* où se répandait l'odeur... flatteuse... de la dorade bouillie et des Extraits... dilatés par la cuisson!

On fut bientôt attablé. Mais avant d'avaler sa première cuillerée de bouillabaisse à la dorade, Quinquin, pensif, dit tout à coup :

— Mais, en somme, monsieur, vos 44 degrés à faire, cela doit produire pas mal de kilomètres après tout?

— Mais, dame, oui, fit le professeur. Vous savez que le Mètre est la dix-millionième partie du *Quart* du méridien terrestre. Ce quart est de 90°. Mes 44°, comme vous dites, sont, à un degré près, la moitié de ce quart. Vous comprenez? Je vous dis cela en termes enfantins. Donc, à suivre directement sans dévier, tout du long, ce morceau, cet arc de cercle de près de la moitié du quart du méridien, nous ferions près de 5 millions de mètres, soit 5000 kilomètres.

— Et en lieues? Combien ça fait-il, 5000 kilomètres?

— En lieues de 4 kilomètres tout ronds, c'est un joli voyage de 1250 lieues.

— Oh! oh! diable!

— Oui. Mais,... nous en ferons bien davantage! Rassurez-vous!

— Ah! ah!

— Oui, mes amis, car, à la dérive, ne suivant pas du tout directement le méridien 82, mais devant aller, par les courants généraux, en diagonale, en biais, de travers enfin, de ce méridien 82 ouest sur lequel nous sommes, au méridien 23° et demi, non pas à l'ouest, mais à l'*est* du méridien de Paris, sur lequel se trouve le Cap Nord (latitude 71°), nous ajouterons donc encore un bon bout au ruban de queue qui nous reste à faire...

Après un silence, Quinquin s'écria :

— Oh! bah! tant pis! Mangeons. On avalera la route comme la soupe! Voilà tout.

CHAPITRE VIII

DANS LES BROUILLARDS DU COURANT

Quarante jours, dont les vingt-quatre heures ont été souvent fort dures pour nos navigateurs condensés, malgré la suspension de leur plancher, se sont écoulés. Mais, au milieu des périls, ils n'ont perdu ni une bouchée, ni une occasion de rire. Ils ont aussi beaucoup travaillé. Quinquin « *potasse* », comme il dit, son accordéon et l'anglais; Coulak, toujours grave, a fait seize mètres d'une étroite « garniture » au crochet. Il en eût fait davantage, s'il n'avait eu à raccommoder les bas de laine de Quinquin.

Quant à la *Perle*, toujours suivant le *Courant* du *Golfe* et remontant le long de l'immense côte américaine, mais à des distances qui se sont élargies de jour en jour, et poussée en outre, du sud-ouest au nord-est par une série presque continue de ces tempêtes dont le *Gulf-Stream* est le grand véhicule dans l'hémisphère nord, elle a accompli un chemin notable, le 14 avril.

Pour le moment, perdu dans les brumes depuis une semaine, et n'ayant pu faire aucune observation soit à l'aide du soleil, soit à l'aide de la lune et des astres, M. Ristigouche ne peut l'évaluer que très approximativement par l'*estime*, avec le *loch*. Mais les indécisions de la marche de la *Perle*, qui erre çà et là, à la surface des eaux, quoique dans une direction générale constante vers le N.-E., ont dû être de grosses causes d'erreur.

M. Ristigouche croit avoir fait un trajet d'au moins 2500 *Milles* depuis le
3 mars.

Dans un de ces formidables coups de vent, que les Caraïbes nommaient
des *Huracans*, et dont nous avons fait *Ouragans*, ouragans pendant lesquels le vent se déchaîne avec une vitesse de 150 kilomètres à l'heure, parfois, on a perdu de vue le bon Coco que Quinquin était parvenu à enru-
banner, et qui les suivit longtemps avec fidélité; quelquefois bord à bord
même.

M. Ristigouche pense qu'il a été jeté sur les côtes par le flux des marées,
et qu'il attend, enfoui dans quelque banc de sable, le moment de germer,

si la température de la latitude du pays
où s'est terminée sa carrière maritime
ne s'y oppose pas!

Mais, si on a perdu de vue le bon
Coco, et peut-être pour toujours, on
semble avoir perdu aussi en revanche,
heureuse compensation, un être désa-
gréable dont nous n'avons pas encore fait
mention, un être vivant, embarqué très
probablement à Key-West, au départ
lequel être était un *moustique*. Il a
fait pendant des semaines, tous les soirs, le désespoir de Quinquin. Celui-ci le
guettait, lui tendait des pièges, tâchait de le pincer en l'appelant par les plus
doux noms. Rien n'y faisait. On ne put jamais le saisir. On eût dit qu'il se
sentait condamné à mort. Toute la journée silencieux, tapi dans des coins
inconnus, inexplorables, de la cale ou de la chambre, il se frottait les pattes,
en riant sans doute, et se gardait bien de montrer le bout de l'aile aux yeux de
Quinquin. Mais à la nuit, aussitôt que ce diable d'animal des Antilles entendait ronfler Quinquin, il sortait de sa retraite, sonnant de sa petite trom-
pette fêlée, et venait se repaître de son sang.

Cela faisait beaucoup rire Coulak, dont le cuir était plus dur, et qui, en
outre, disait à Quinquin, lorsque celui-ci lui racontait le matin les nouveaux
méfaits nocturnes du maringuoin des Antilles :

— *Nitchevo! (ce n'est rien!)* mon petit pigeon bleu, *nitchevo!* — Ce n'est

que dans mon pays qu'ils sont grands et méchants, les moustiques, pendant l'été! Ces gens de l'équateur ils n'ont rien chez eux, en fait de
mouches piquantes, qui vaille nos insectes russes. A la bonne heure, chez
nous, l'été, ils vous mordent vraiment. C'est à en devenir fou, dans nos
marais, au mois de juillet.

— Comment! nous allons dans le pays où l'eau est le plus souvent solide,
de la glace, et les moustiques, gémissait Quinquin, y sont encore plus mauvais que ceux du pays où l'eau devient sans cesse de la vapeur sous le
soleil?

— Oui, *petit-père*, oui, en été. L'été n'est pas long, c'est vrai, chez nous,
mais...

— Mais les moustiques mettent les bouchées doubles?

— Parfaitement, ajoutait M. Ristigouche.

En attendant, et jusqu'à ce qu'on parvînt à ces latitudes froides où, l'été,
les moustiques du Nord prennent leur revanche, et, dans un concours,
l'emporteraient en morsures sur les moustiques du Sud, le maringuoin des
Antilles, terreur de Quinquin, avait disparu. On ne l'entendait plus la nuit
dans la *Perle*.

Et M. Ristigouche disait à ses compagnons, au sujet de la mort probable
du malencontreux insecte, dans l'après-midi du 14 avril :

— Mes enfants, à la distance où nous sommes de l'entrée du *Gulf-Stream*
dans les détroits de la Floride, des êtres microscopiques ou visibles à l'œil nu,
qui vivent et se propagent dans les eaux chaudes du courant, sont déjà morts,
et par millions, par milliards même, comme est mort le moustique de Quinquin (*musca Quinquini !*). Mais, à présent, à la hauteur dans le nord où
nous sommes arrivés, fortement ballottés, je l'avoue, le nombre des animalcules et des êtres marins de toute sorte, des frileux par excellence, que tuent
chaque jour, sur les bords de notre Courant toujours tiède, les courants
des eaux froides qui descendent du Pôle et l'étreignent, dépasse l'imagi-
nation. On ne saurait le chiffrer. Leurs débris, leurs coquilles, tombent en si
énorme quantité au fond des mers qu'ils l'exhaussent depuis des siècles. Ils
y forment des monceaux qui produiront dans l'avenir des plateaux sous-
marins de plus en plus élevés, lesquels, à la fin, émergeront des flots en
récifs, en îles, en continents.

9

Mais ici ce n'est plus la Vie qui travaille, comme dans les mers tropicales, avec les polypiers, à bâtir des mondes nouveaux, c'est la Mort.

— Oui, monsieur. Mais vous nous avez dit aussi, dans nos conversations du soir, que c'est le *Gulf-Stream* et les courants qui, à sa suite, s'épanouissent et s'étalent sur presque toute la largeur de l'Atlantique, dans le nord, qui portent la vie aux contrées septentrionales et boréales.

— C'est vrai. Grâce à leur chaleur propre jointe à celle, plus considérable encore, des couches atmosphériques et des vapeurs qui les accompagnent constamment à la surface de leurs eaux, le *Gulf-Stream* et les autres Courants infiniment plus larges qui le prolongent, — et qui portent son nom, à tort, à mon avis, — relèvent, sur leur passage, la température de l'Europe occidentale, des côtes du Portugal, de la France, de l'Angleterre et de l'Irlande, du Danemark et de la Norvège, des plages de la presqu'île de Kola et de la Mer Blanche...

— Ça, c'est à côté de chez moi, *petit-oncle*, murmura Coulak.

— Sans le *Gulf-Stream* et l'ensemble des autres courants de même direction, désignés sous son nom ; sans la chaleur et les pluies fécondes qu'amènent les vents du sud-ouest qui l'accompagnent, dit le grand géographe Reclus, résumant tous les travaux de la science, les Iles Britanniques et la Scandinavie seraient, comme le Labrador d'Amérique, situé pourtant sous la même latitude, mais en dehors du Courant du Golfe, des terres inhospitalières, refuges de tribus errantes et d'animaux sauvages, et le climat de la France serait aussi extrême que celui du nord du Canada. Par le *Courant du Golfe*, les hivers de l'Islande, « la Terre des glaces », sont moins rigoureux que ceux du Danemark, et la chaleur qu'il dégage est telle, qu'au large du cap Nord, la température de la *mer*, en janvier, est plus élevée qu'à Venise, et que, par un renversement des lois climatériques, — disent les savants les plus prudents en affirmations, — il fait souvent moins froid, l'hiver, sur les côtes occidentales d'Irlande que baigne le *Gulf-Stream*, qu'à Athènes et à Naples.

— Mais c'est un bienfaiteur, ce courant-là, pour l'Europe !

— Absolument, et on doit en parler avec reconnaissance quand on est, comme vous, Quinquin, un Français, ou comme vous, Coulak, un Russe. C'est la douce et énergique influence du courant du golfe qui fait de l'Europe occi-

DANS LES BROUILLARDS DU « GULF-STREAM ».

dentale un monde productif et par suite habitable. C'est donc bien la vie
que lui porte le *Gulf-Stream*.

— Et il n'y a pas que pour les hommes et les bêtes de terre qu'il est un
bienfaiteur, dit gravement Quinquin. M. Ristigouche nous a dit qu'il portait
aux cétacés, aux poissons, aux mollusques, perpétuellement, la nourriture
organisée, animale, qu'il leur faut, là-bas, dans le froid, et il la leur amène
en si grande abondance que, nulle part ailleurs, les mers n'étaient aussi
riches en poissons de toute sorte. Il ne fait pas seulement pousser l'herbe
pour les moutons, il envoie, sous l'eau, du *nanan*, des petites méduses,
des infusoires pour les baleines, ces bonnes grosses innocentes qui ne font
de mal à personne et qu'on chasse si cruellement.

— Hélas! leur huile, leurs fanons sont un bon objet de commerce, mes
enfants!

— Oui, Monsieur Ristigouche, mais les marchands de Paris qui font de
l'huile d'olive avec n'importe quoi, excepté avec des olives, sauraient bien fabri-
quer de l'huile de baleine et des *baleines* de corset — sans baleines, — s'ils
le voulaient! Qu'ils laissent donc les cétacés tranquilles!

Ce cri du cœur de M. Quinquin fit rire l'équipage de la *Perle*, et même le
neveu des Lapons, qui était, lui, partisan de toutes les pêches, car, disait-il
naïvement, si on ne chasse plus les baleines, que deviendront les *baleiniers*
sur leurs navires? ah!

— Eh bien, ils feraient autre chose! Ils fabriqueraient des vélocipèdes! là!
criait Quinquin.

— Oh! petit-oncle, petit-oncle! tu ris toujours. Il n'y a donc pas moyen
de causer sérieusement avec toi? soupirait Coulak, plus grave que jamais, et
manœuvrant toujours son crochet d'acier avec ardeur et précision.

— Mais si, répondit Quinquin. Je suis aussi grave que toi en ce moment.
Et je remercie M. Ristigouche de m'avoir appris de quelle importance capitale est le *Courant du Golfe* pour le bien-être et la beauté d'une partie
du globe.

— Très bien. Tu parles comme un vrai *Bärine* (*Seigneur*).

— Je ne parle pas comme un *Bärine*, Coulak! Je parle comme un pauvre
écolier qui est bien satisfait de commencer à comprendre que la Géographie
n'est pas, comme je le croyais, une étude pénible et ennuyeuse. Et quand je

regarde les Cartes des Atlas à présent, j'y vois autre chose que des lignes
bizarres et des tas de noms difficiles à retenir.

— En effet, reprit M. Ristigouche, à chacun de ces noms baroques la
mémoire d'un écolier studieux et intelligent sait vite rattacher les faits qui
les concernent et qu'on lui a enseignés, faits qui font partie de l'histoire des
développements de l'humanité, et alors ces noms parlent à son esprit de la
façon la plus intéressante.

— Aussi, dit Coulak, je n'oublierai jamais le nom du *Gulf-Stream*
maintenant que je sais qu'il est le Calorifère de l'Europe occidentale.

— Oui, s'écria Quinquin, il fait la verdure, qui fait les beaux bœufs et les
gros moutons, qui font les riches laboureurs, qui font les bons blés qui
nourrissent les braves gens! Je le vénère, moi, le *Stream*!

CHAPITRE IX

UN PETIT TOUR DE VALSE

Tandis que les petits matelots parlaient ainsi, M. Ristigouche regardait, ou du moins essayait de voir à travers les hublots. Mais il n'apercevait rien que l'eau grise s'écrasant, avec des pluies d'écume blanche, sur le verre épais. Quant à monter sur le pont, il n'y fallait pas songer. Il était à chaque instant pris d'assaut par les lames, et sa coupole résonnait sans cesse sous leur chute. Pendant les heures de calme relatif, on avait bien emmailloté et amarré les anneaux, les organeaux fixés sur cette coupole, mais cependant ils battaient perpétuellement, avec un bruit sourd, comme les marteaux de porte de l'ancien temps. En dépit des *pommes* d'arrosoir des prises d'air, qui fonctionnaient parfaitement, et se refusaient à laisser l'eau pénétrer dans les tuyaux, l'atmosphère était parfois un peu lourde et plus que tiède dans la chambre, car, obéissant à leur devoir automatique, et se fermant sous la pluie prolongée et les lames persistantes, ces soupapes trop zélées ne laissaient arriver l'air qu'avec parcimonie.

— Oui, l'air est un peu épais, disait Quinquin. Et voilà vingt-quatre heures qu'on n'a pu déboucher la *bouteille*. Mais l'air peut très bien se respirer encore.

— Et cela me donne à espérer, ajouta le professeur, que si nous étions

submergés même, complètement, pendant quelques jours, nous ne serions
pas asphyxiés.

— *Nitchevo !*

— Ce n'est rien, c'est possible, Coulak, reprenait le jeune Dunkerquois,
mais une semaine de brouillard comme celle-ci, ce n'est pas gai.

— *Nitchevo ! Nitchevo !*

— D'accord. Mais en ces temps derniers nous avions eu des distractions.
Nous avons d'abord vu un *Espadon*, avec sa lance au bout du nez, avant de
quitter la Floride, et puis nous avons vu aussi par là de grands oiseaux, des
éperviers très malins, qui attendaient dans le haut du ciel, que d'autres
oiseaux eussent pêché des poissons, pour venir le leur prendre au bec,
au vol. Et c'était un vrai vol, sans jeu de mots. Puis nous sommes passés
devant les autres États-Unis du Sud, devant la Géorgie, où il y a un si bon
capitaine Sagou ; devant la Caroline du Sud, où il y a du si bon riz ; devant
la Caroline du Nord, où il y a un si beau cap Hatteras ; devant la Virginie, où
il y a du si bon tabac. Puis devant les États du Nord : la Pensylvanie, où il y a
de si bon pétrole et de si bon anthracite pour les mauvais poêles, et où fut
proclamée l'Indépendance des Américains du temps de Washington ; puis
devant les petits mais riches États de New-Jersey et de Delaware, où il y a
de si bons fruits ; puis devant le Maryland, où il y a encore de si bon tabac ;
puis enfin devant New-York.

— Oui, nous sommes passés devant tous ces pays comme tu dis, mais
au large, très loin. Nous ne les avons pas vus ! Et nous ne pouvions pas
les voir, même sans les brumes, à la distance où nous nous trouvions d'eux.

— Oui, mais nous avons vu des masses de navires qui se rendaient dans
leurs ports ou qui en sortaient, à ce que leurs capitaines nous ont dit
quand ils sont venus examiner quelle sorte de bête curieuse était notre
Perle, et en nous quittant ils nous ont suppliés d'emporter des productions
de leurs pays, sauf le pétrole, bien entendu !

— Et moi, mes amis, je vous ai parlé de ces superbes et hardies contrées,
jeunes, florissantes, le monde de l'avenir peut-être, où nous aurions pu nous
faire remorquer, si je ne m'étais promis que la *Merveille de l'Alabama*,
qu'ils n'auront pas à Chicago, là-bas, malgré leur lac Michigan ! irait d'abord
au Cap Nord, tout d'une traite, si Dieu le permet...

— Ainsi soit-il, fit le petit Russe, fort religieux.

— Oui, *amen*, dit sérieusement Quinquin. Mais, reprit-il, si nous avons eu beaucoup de distractions, voilà une semaine, une semaine sans fin, que sur la mer, nous n'avons pas aperçu seulement un chat.

Le mot troubla un peu Coulak, qui n'en comprenait pas le sens figuré.

— Un chat? un chat? répéta-t-il. Pourquoi veux-tu un chat? Il n'y a pas de souris dans la cale. J'y veille tous les jours.

— C'est fort heureux. L'animal de moustique y était déjà de trop! Mais je voulais dire que depuis huit jours nous ne voyons que le ciel et l'eau, et même beaucoup plus d'eau que de ciel, avec ce brouillard blanc effroyable, au milieu duquel nous flottons comme si nous étions dans un aquarium rempli de lait.

— Silence! cria tout d'un coup M. Ristigouche. Écoutez!

— Plaît-il? demanda Quinquin.

— *Stoï!* (arrête) fit Coulak.

Qu'entendait M. Ristigouche? Qu'entendirent bientôt, à leur tour, les deux enfants.

Ils entendaient, à travers la rumeur des lames et le grondement de la coupole sous les averses, des bruits lointains, intermittents, de cloches, de cornets à bouquin, mêlés de coups de sifflet de machines à vapeur, ou de *sirènes* au lugubre son prolongé. Ces sifflets, ces sons, ces tintements, ces mugissements semblaient, et étaient en effet répercutés par mille échos dans la brume opaque.

— Et pas moyen de voir d'où cela vient, ni ce qui produit ce tintamarre, dans ce brouillard insensé, dit Quinquin.

— Mes enfants, dit le professeur, après avoir consulté une carte, et relu les dernières notes de son journal, voilà l'instant d'avoir du sang-froid et l'œil ouvert malgré le brouillard.

— *Nebos* (n'ayez pas peur), dit Coulak, roulant avec soin sa bande de dentelle, et piquant son crochet dans sa petite pelote de coton. Je suis prêt.

— Et moi aussi, patron, dit Quinquin, déposant près de lui un morceau de sucre d'érable américain, dont un capitaine de navire lui avait donné un échantillon, et qu'il suçait tout en causant. Qu'est-ce qu'il faut faire, *Commodore*?

— Il faut, bien qu'il fasse jour, allumer le fanal, d'abord.

— C'est facile. Voilà le bouton du fanal poussé.

— Il faut ensuite, Quinquin, faire jouer sans cesse la corne à air comprimé qui débouche sur le pont, au sommet de la tourelle. On ne l'entend qu'à 600 mètres. Mais pour nous, qui sommes petits, cela nous signale suffisamment à temps pour qu'un navire prenne ses précautions afin de ne pas nous passer dessus.

— Des navires? Il y a donc des navires près de nous?

— Il y en a une flotte ici, mes amis. Ou je me trompe fort, ou ces sifflets, ces cloches, ces gémissements de *sirènes*, qui sont des signaux d'alarme de bâtiments, c'est évident, m'annoncent que nous sommes beaucoup plus haut que je ne pensais, et déjà sur le Banc de Terre-Neuve, et même sur ce qu'on appelle la *Queue du Banc*, endroit de pêche libre et internationale, très abondant en morues, mais endroit le plus dangereux de ce vaste plateau sous-marin qu'on appelle le Grand Banc. Car il y a ici, justement, à cette époque, des agglomérations de goélettes et de bricks de pêche à l'ancre.

GOÉLETTE DE PÊCHE A L'ANCRE SUR LE GRAND BANC.

— Bon! on va voir des camarades! De chez moi, ajouta Quinquin, on va à *Islande* surtout; mais nous avons aussi, ici, quelques *balaous*.

— Certes, nous les verrons avec plaisir, les bons rudes visages des gens de Paimpol, de Fécamp et des autres ports français, sans oublier les étrangers, mais sachez que la *Queue du Banc* est aussi le lieu de passage des grands Transatlantiques, et une route fréquentée au possible, de jour et de nuit, par les navires de commerce.

— Eh bien, alors?

— Alors? Sachez, hélas! que l'appât du gain est tel chez beaucoup d'êtres humains, que certains capitaines de Compagnies concurrentes, pour arriver quelques heures avant leurs rivaux, et placer plus promptement leur cargaison, se refusent à obéir aux prescriptions maritimes et à toutes les lois de l'humanité, sur ce Banc. *Time is money*. Ils ont ordre de ralentir leur marche. Ils se gardent bien de le faire. Et dans les temps de brumes, brumes presque perpétuelles sous cette latitude, où le *Gulf-Stream* exhale d'épaisses vapeurs, où se fondent dans ses eaux chaudes les glaçons descendus par les courants polaires, ils filent sans s'arrêter avec une vitesse excessive, accélérée même, et tant pis pour la pauvre goélette qui s'agite à l'ancre, dont ils feignent de ne pas entendre les cornes et les cloches, ou de ne pas voir les falots. Ils la coulent et tout est dit. Et il y a, là-bas, des veuves et des orphelins qui pleurent. Mais, que leur importe, ils vont ramasser un petit tas d'or de plus!

— Mais c'est affreux, on devrait les punir, ces assassins!

— Sans doute. Mais qui les connaît, et qui peut courir après?

— Diable! dit Quinquin se grattant le front.

— C'est égal. Illuminons! sifflons! cornons! et comptons sur notre bonne chance. Et d'ailleurs, vous êtes des hommes trempés, n'est-ce pas?

— Trempés, oui, c'est-à-dire que nous le sommes, mais par les parents seulement, vous savez,... et...

Quinquin n'acheva pas, pour l'instant, ce qu'il allait dire. Il en fut empêché par un choc violent et subit, après lequel il lui sembla que la nuit complète s'était faite dans la *Perle*, dont le plancher lui parut fuir sous ses pieds. Il tomba tout de son long.

Quand la blafarde lumière du jour, au bout de quelques secondes d'obscurité totale, de nouveau apparut dans la Chambre, il était en train de se relever, étourdi et ayant mal au cœur. Tout tournait autour de lui.

— *Nitchevo !* cria, sous la table où il était allé rouler, le neveu des Lapons, dont on ne voyait que les bas de laine. *Nitchevo !*

— *Ce n'est rien*, — à présent, — dit froidement M. Ristigouche, debout près de la table, dont la face était très rouge. Mais si j'en crois cette boussole, dont l'aiguille tourne encore comme une folle sur son pivot, nous venons de faire seulement *un petit tour de valse !* Oui, un petit tour de valse, à moitié submergés, tout du long de la carène d'un gros bâtiment, un steamer sans doute, qui aurait pu aussi bien nous couper en deux de son taille-mer et nous couler. Il s'est borné à faire pivoter la *Perle* comme un toton, sous ses hanches formidables. Il est passé. *All right*, garçons ! Mais respirons un peu.

— C'est ça ! Et un petit *Extrait*, monsieur Ristigouche, je crois que ce ne serait pas de trop pour le moment ? Un extrait de Cognac, *Commodore !*

— Ma foi, vous avez raison ! Coulak, voulez-vous avoir la bonté de nous offrir... ? Allons, bon, le voilà qui s'est remis à son crochet, ce Coulak !

— Oui, *Batouchka !* (petit-père) que voulez-vous que je fasse ? je travaille, puisque je ne suis pas encore mort.

— Serrez tout de même votre crochet, Coulak, car, quand nous aurons pris notre « rafraîchissement », reprit le professeur, nous monterons coûte que coûte, sur le pont, quitte à recevoir des douches, qui ne seront pas chaudes. Mais il faut voir comment le flotteur s'est comporté, et remédier aux avaries qu'il a pu se faire dans son petit tour de valse.

— Entendu, compris !

CHAPITRE X

LA « DORIS »

En opérant, brusquement, ses mouvements de rotation sur elle-même et de translation d'un bout à l'autre de la carène du steamer qui l'avait abordée, la *Perle du Sud* n'avait pas éprouvé plus de mal, grâce à son enveloppe élastique, qu'un ballon de caoutchouc n'en eût éprouvé en pareille occurrence.

Cette victoire fut constatée avec une vive satisfaction par son équipage en général, et par M. Ristigouche en particulier.

Et comme disait Quinquin : tant tués que blessés, il n'y avait à bord que deux choses qui eussent un peu souffert, la bouée de sauvetage, qui s'était décrochée dans la cage, et son front, qui s'était fait une belle bosse.

Quant à Coulak, il ne disait rien, mais, tout en faisant jouer le cornet à bouquin, sans relâche, selon la consigne qu'il avait reçue avant l'événement, il plissait ses petits yeux de Chinois, très fort, ce qui veut dire qu'il riait de plaisir, en silence.

Et pourquoi riait-il de plaisir, lui toujours si grave ?

Il riait parce que, au lieu de la pluie, ce qu'on voyait tomber depuis qu'on était monté sur le pont, c'était de la neige.

C'était la première fois qu'il en revoyait tomber, de cette chère neige de son pays natal, depuis bien des mois, et il la revoyait avec béatitude.

Quinquin n'en semblait pas aussi heureux que cela.

En dépit des tricots de laine et du surtout ciré qu'il avait endossés, comme tout le monde d'ailleurs, avant de quitter la Chambre, il claquait des dents et grimaçait comme un singe.

— Brr! Voilà autre chose maintenant. Il gèle!

— Eh bien, tu devrais être content, ma colombe blanche, lui dit Coulak, toi qui détestes la chaleur, et qui te plaignais dans le Canal de Bahama.

— Tiens, pardine! je n'aime pas à être rôti, mais je n'aime pas davantage à être gelé. C'est le *mitan*, c'est une température moyenne qu'il me faut. Je suis un homme des zones tempérées, moi!

La neige tombait à flocons de plus en plus drus. Elle a, comme l'huile répandue goutte à goutte, le pouvoir d'étaler les lames, et de les aplanir en quelque sorte. La *Perle*, pour l'instant, voguait donc au sein d'une épaisse atmosphère blanche, sur des flots presque paisibles, ondulant tout chargés de blancs archipels de neige fondante.

Le fanal lançait autour de lui des fusées de lumière qui ne pouvaient percer, malheureusement, l'opacité cotonneuse de l'air ambiant, mais qui irisaient de façon étrange les parois, très rapprochées, de l'espèce de cellule blanche mobile où errait la *Perle*.

Après avoir contemplé un instant, en battant des bras pour se réchauffer, les jeux bizarres de la lumière sur la neige tombante, M. Quinquin, à qui, décidément, le froid n'allait pas plus que la chaleur, et qu'aurait seulement contenté ce qu'on nomme un *temps de demoiselle,* dit à M. Ristigouche :

— Croyez-vous qu'on ait vu, à bord de ce navire qui nous a marché sur le pied sans crier gare et sans s'excuser après, croyez-vous qu'on ait aperçu la *Perle* après l'avoir fait tourner comme une toupie? Il y avait du brouillard, mais il ne neigeait pas à ce moment-là.

— Je ne le crois pas, répondit le professeur ; heurter la *Perle* ou rencontrer un bouchon sur l'eau, c'est tout un pour un bâtiment de la taille de celui là.

Quelles n'auraient pas été la surprise et l'indignation du citoyen de Mobile, et de son équipage, s'ils avaient pu lire, trois jours plus tard, dans les journaux de New York, reproduit bientôt dans tout l'univers, cet entrefilet qui y parut en belle page, après les nouvelles maritimes :

« Le 14 avril, dans l'après-midi, par 44° latitude nord et 53° longitude ouest (M. P.), le steamer *Rose de Noël*, capitaine Carthage, marchant, bien entendu, avec une prudence excessive, à la vitesse *modérée*, prescrite, en temps de brumes, par l'article 13 de la convention internationale, a fait très au large (*sud*) du banc de Terre-Neuve, une rencontre qui va singuliè-rement ébranler l'opinion admise par les hydrographes, les naturalistes et les navigateurs (de l'illustre Maury à M. Georges Pouchet), à savoir que les

eaux du *gulf-stream* sont pour les baleines de l'Atlantique boréal comme *un mur de flamme*, qu'elles ne franchissent jamais pour se rendre d'un hémisphère dans l'autre.

« Ce beau steamer, solidement construit heureusement dans les célèbres chantiers de MM. X. et Z., et qui venait de Liverpool, a eu à subir, de la part d'un cétacé de taille gigantesque, trente mètres de longueur au moins de tête en queue, une attaque formidable dans les eaux mêmes du *courant*.

« Grâce à l'admirable sang-froid du capitaine Carthage, de qui nous tenons ces détails, et à l'aide d'une habile manœuvre de sa part, exécutée sur-le-champ avec une précision digne d'éloge, le monstre atteint en plein flanc par l'éperon du navire, a été tué net. Il a coulé presque aussitôt.

11

« Mais en dépit de la brume, on a pu voir un instant sur l'arrière une portion de son ventre blanc, remontant à la surface.

« La Cie de l'Étoile Bleue doit au savoir et à la présence d'esprit de l'honorable capitaine Carthage ce que les Français appellent « une belle chandelle ! »

Mais ni M. Ristigouche ni ses compagnons ne lurent cet entrefilet des journaux de New York.

Sans quoi, il est évident que M. Quinquin n'aurait pu s'empêcher de dire, non sans raison :

— Voilà comment on écrit l'histoire, c'est toujours le lapin qui a commencé !

M. Quinquin, toujours grelotant, mais un homme trempé, et de toutes les façons, profitait de la tranquillité momentanée de la mer venue à la suite du *tour de valse*, pour faire le tour, extérieurement, de la cage au-dessus de la coupole. Il arrachait des organeaux restés à leur poste, des paquets de goémons de toute espèce qui l'avaient transformée en une sorte de prairie.

— Vous nous enlevez là, lui disait M. Ristigouche, les derniers souvenirs de la mer des *Sargasses* que le courant emportait avec lui. Ils devraient nous être précieux.

— Oui, mais ils nous alourdissent. J'en laisse quelques-uns pour conserver un *buffet* aux mouettes et aux goélands. Et, à propos, il me semble que, malgré la neige, ils sont bien nombreux ici, les goélands ? Ils ont l'air gras.

— On appelle ceux-ci communément des *godes*. Ils affectionnent, et non sans cause, les parages de Terre-Neuve et de ses bancs immenses, car ils y trouvent une nourriture abondante et variée.

— Bah ? Alors je leur supprime leur *buffet* d'algues garnies de mollusques.

Comme Quinquin faisait ces remarques, le tintement d'une cloche se fit entendre, cette fois à peu de distance de la *Perle*, et, à travers les mailles blanches du rideau de neige qui leur cachait tout horizon, ils aperçurent la silhouette sombre d'une goélette mouillée devant eux et roulant sur son ancre, comme un gros chien à l'attache qui tire sur sa chaîne.

— C'est un *Banquier* [1], dit M. Ristigouche.

1. En anglais : *Banker*.

— Oh! *Batouchka!* qu'est-ce qu'il·fait ici? Est-ce qu'il vient pour prêter de l'argent aux pêcheurs?

— Mais non, mon petit Coulak, reprit en riant le professeur. C'est un navire pêcheur de morues. On les appelle, puisqu'ils pêchent sur le Banc, des *Banquiers*.

— Ah! bon!

M. Quinquin aurait bien voulu aborder le *Banquier* qui les héla comme ils passaient lentement devant lui et auquel ils répondirent par un salut dans toutes les langues qu'ils savaient (ce qui dut étrangement étonner les gens restés à bord du *Banquier*, pendant que son équipage était en train de mouiller au large les *palangres*, c'est-à-dire des lignes de quatre ou cinq mille mètres de longueur); mais les caprices du flot éloignèrent bientôt la *Perle* du navire qui, de son côté, probablement, n'avait plus d'embarcation à leur envoyer.

De pareilles entrevues, à distance, au milieu de la neige, se succédèrent pendant des heures.

Puis la nuit vint, et ce ne fut plus qu'à la lueur lointaine de pâles falots éparpillés autour d'eux, qu'ils constatèrent, mais alors des hublots de la *Chambre* où ils étaient redescendus, le voisinage des nombreux Banquiers courageux et opiniâtres qui allaient passer quatre mois encore, à chaque heure en danger de mort, par la pluie, la grêle, les tempêtes, à pêcher cette morue savoureuse que tant de jeunes Parisiens mangent du bout des dents, ou dont ils boivent l'huile tonifiante avec tant de grimaces.

La journée avait été rude pour nos héros; ils se couchèrent donc, mais à tour de rôle, veillant tous les trois tour à tour, pour faire sonner le cornet à bouquin, seul avertissement de leur présence qu'ils pussent donner au loin, attendu que le fanal, sous la neige qui tombait sans cesse, ne devait avoir qu'une bien courte portée.

Quinquin qui fit le premier quart, se leva le matin le premier, pendant que les autres dormaient encore, malgré l'aigre son du cornet.

Il monta sans bruit sur le pont. Mais à peine fut-il en dehors de la tourelle, dont il avait refermé soigneusement la porte, qu'il poussa une exclamation de surprise.

Une barque à moitié remplie de neige, une barque fragile, pointue des deux bouts, flottait près de la *Perle*, bord à bord.

Le petit Dunkerquois, sans l'examiner plus longuement, se précipita dans la tourelle, leva l'obturateur et descendit, ou plutôt tomba, comme une bombe dans la Chambre.

— Commodore, dit-il d'une voix haletante, il y a une barque qui va de conserve avec nous. Voyez à tribord. Nous ne tournons pas, et la boussole marque le nord.

M. Ristigouche, bien qu'éveillé en sursaut, comprit à l'instant ce que lui disait Quinquin et regarda à sa droite, par les hublots.

— Une barque! Oui, dit-il, et ce n'est pas un canot ordinaire, c'est une *Doris*, une de ces embarcations spéciales aux Banquiers, et sur lesquelles les pêcheurs vont mouiller le soir leurs lignes entre deux eaux. Elles sont montées par deux matelots seulement...

— *Pajal's, Gospodine? (s'il vous plaît, monsieur?)* s'écria Coulak, devenu très rouge et perdant sa gravité habituelle. Gospodine! il y a deux hommes dans cette *doris*! Deux hommes à moitié enterrés sous la neige! Ils dorment.

M. Ristigouche, mis hors de lui par l'exclamation de Coulak, s'écria à son tour :

— Ils dorment, grand Dieu! mes amis, vite, ils ne dorment pas! Ils sont épuisés, engourdis, presque morts. Faites chauffer la marmite. Du thé! du cognac! Et vous, Quinquin, venez là-haut. Ah! les pauvres gens! ils se seront perdus dans le brouillard, après avoir terminé leur travail. La chose arrive trop souvent, hélas! à chaque campagne. Ils ont erré à la recherche de leur navire; le froid les a pris. Il n'y a rien que des lignes, et l'appât, qu'ils appellent la *boëtte*, dans les *doris*; nulle provision. Ah! les malheureux! Mais nous les sauverons!

Quinquin et le professeur, quelques secondes plus tard, déployaient le *balcon* de la cage, et le petit Dunkerquois, malgré l'insistance de M. Ristigouche, qui voulait descendre sur la coupole et amener la *doris* lui-même, fut bientôt, en se servant des organeaux comme des degrés d'un escalier courbe, au niveau de l'embarcation, qu'il amena près de la *Perle* à l'aide d'un harpon articulé, à viroles, dont le professeur avait pris et fixé les morceaux dans la tourelle.

« NON, ILS NE DORMENT PAS; ILS SONT ENGOURDIS, PRESQUE MORTS. »

Une fois ajustés bout à bout et garnis de leurs viroles à vis métalliques, les fragments de ce harpon composaient un tout flexible et solide. On pouvait l'allonger à volonté, et, dans les beaux temps, dressé le long de la tourelle et muni d'une drisse, il servait de mât de pavillon.

Mais, le 15 avril, il fonctionnait comme harpon, comme gaffe, et son croc mordit facilement le bordage de la *doris* lorsque celle-ci lui fut envoyée par une lame le plus près possible de la *Perle*.

Quinquin substitua alors une amarre, que lui jeta le professeur, au harpon qu'il lui rendit. Puis désormais assuré de ne pas être emporté loin du *Flotteur* une fois qu'il serait à bord de la barque des banquiers, il s'y jeta.

Sans perdre de temps, avec ses mains pour pelle, il déblaya rapidement la neige dont la *doris* était comblée, et il se mit à frotter énergiquement, à secouer, les deux corps étendus sur le fond, côte à côte, rigides, et qui, les yeux fermés comme pour toujours, tournaient vers le ciel leurs faces violacées qu'embéguinaient deux *surouest* de toile huilée.

M. Ristigouche, à qui Coulak venait d'apporter une fiole de thé brûlant, descendit alors dans la *doris*, où il aida puissamment Quinquin dans son œuvre de résurrection.

CHAPITRE XI

LE GUIDE AVEUGLE

On leur rendit l'existence à ces deux naufragés!

Mais l'étincelle vitale, qui couvait encore sous cette cendre humaine déjà presque refroidie pour jamais, fut bien longtemps à briller de nouveau, avec un éclat rassurant, sous les efforts opiniâtres de leurs sauveurs.

Enfin, ils ouvrirent des yeux hagards, et purent avaler un peu de la boisson bienfaisante.

Vu leur taille, les *banquiers* ne pouvaient, lorsqu'ils reprirent connaissance et furent réchauffés, être introduits et abrités dans la *Perle du Sud*. On les enveloppa du mieux qu'on put, et une chaîne s'établit entre Quinquin, le professeur et Coulak pour leur apporter, dans la *doris*, les couvertures et les aliments qui leur étaient indispensables.

Pendant qu'on travaillait ainsi et qu'on voguait de conserve, les *banquiers* racontèrent leur affreuse et malheureusement très simple aventure. Leur récit fut la confirmation de ce qu'avait conjecturé M. Ristigouche.

Ils faisaient partie de l'équipage d'une goélette de Fécamp, l'*Etoile de la mer*, et s'étaient perdus, à la nuit tombante, dans le brouillard, après avoir mis à l'eau leurs *palangres*. L'estomac vide, n'ayant pour se désaltérer que des flocons de neige, ils avaient, la nuit, ramé çà et là, écoutant, et avec quelle poignante anxiété! s'ils n'entendaient point les cornes et les cloches des *banquiers* leurs camarades de pêche, mais ils en étaient déjà fort loin. Alors ils avaient cessé de ramer, le froid les avait saisis, ils s'étaient endormis. Ils se seraient réveillés dans la mort sans les petits hommes de la *Perle*, dont ils remarquaient enfin, avec surprise, l'étrangeté et la singulière demeure, mais à qui ils serraient les mains en pleurant, oui, en pleurant, bien qu'ils fussent, eux, des marins tannés et coriaces, au cœur durci.

M. Ristigouche leur expliqua brièvement ce qu'était son *flotteur* et leur apprit aussi le chemin qu'il comptait probablement suivre.

— Je ne puis vous renseigner exactement sur le point où nous sommes, ajouta-t-il, mais je crois pouvoir vous l'indiquer à peu près. Votre *doris* est bonne. Nous la garnirons de provisions. Vous voilà tout à fait ressuscités. La mer est un peu vive d'allure, mais avec vos rames et une petite boussole que je puis vous offrir, des marins comme vous sauront bien retrouver le *Banc*. Il est, vous le voyez, bien impossible à mon flotteur de vous rapatrier. Il s'en va à la dérive lui-même.

L'un des matelots répondit :

— C'est juste, monsieur. C'est très juste. Nous ne pourrions pas non plus aller, avec vous, jusqu'au Cap Nord ou à *Islande*, car je crois bien que c'est à *Islande* que vous irez. Mais, enfin, vous avez raison, et il est temps que nous vous quittions, à présent que nous ne sommes pas encore trop loin du *Banc* et de l'*Etoile de la mer*. Mais que le bon Dieu vous bénisse, monsieur, vous et vos enfants, à qui nous devrons sans doute de revoir les nôtres !

— Ce ne sont pas mes enfants, dit M. Ristigouche, mais de braves et bons amis.

— Eh bien, adieu et merci à tous, voilà tout ce que nous trouvons à vous dire, mais c'est du cœur. Bon voyage !

La *Doris* et la *Perle du Sud* se séparèrent, et toutes deux se perdirent de vue bientôt, car si la neige avait cessé de tomber, la brume était restée aussi épaisse. Mais on n'entendait plus les cloches des *Banquiers*.

Tout rentra dans l'ordre accoutumé à bord de la *Perle*.

Deux jours après cette rencontre, pendant la soirée, il y eut comme une trouée au bas du sombre dais humide qui recouvrait la *Perle*, isolée sur

l'immensité, et on revit le ciel. Il n'y avait pas de lune, la lune étant nouvelle, mais on aperçut quelques astres, et, ce qui charma Coulak et Quinquin,
l'Étoile Polaire à l'horizon.

M. Ristigouche fit immédiatement quelques rapides observations, et cal-
cula son point.

Il se trouvait toujours dans les latitudes du *Banc*, d'après la carte, mais
en longitude, il était allé assez loin vers le sud-est. La boussole, consultée
dans les instants où la *Perle* flottait
sans tourner sur elle-même, donna
des indications qui, combinées avec
divers points de repère remarqués,
et notés par lui dans la *Chambre*,
confirmèrent ses observations.

— Il me semble, songeait-il, que
les eaux superficielles du *Courant*
où je me trouve pour l'instant ont
une tendance à me faire redescendre
vers le *Sud*. Je sais bien que le
Gulf-Stream rencontrant ici, d'a-
bord les gigantesques falaises sous-
marines à pic qui supportent le *Banc*,
puis l'énorme et violent courant des
eaux glacées qui descendent de la
mer de Baffin et du Pôle, doit s'in-
fléchir. Refoulé, il se courbe vers l'est. Mais ensuite il reprend sa
course dans les profondeurs, divisé en bras divers, qui marchent, étalés en
larges nappes, les uns vers l'Islande, les autres vers l'Europe du Nord, certains vers la France et le Portugal; les derniers enfin redescendent vers le
Sud. Suis-je donc déjà empoigné par ceux-ci? Ou la *Perle* ne subit-elle que
l'influence des flots de la surface, dont le troupeau formidable est mené par
les vents du Nord-Est depuis deux jours? En ce cas, au plus vite, tentons de
résister, avec mes faibles armes, à cet entraînement inquiétant.

Le professeur ayant fait en lui-même ces différentes réflexions, appela
Coulak et Quinquin.

Le neveu des Lapons, un peu dérangé dans les derniers temps, comme on sait, n'avait ajouté que deux mètres à son rouleau de *garniture* au crochet. Aussi y travaillait-il avec ardeur.

Quant à Quinquin, sur le pont pour le moment, il essayait de la façon la plus déchirante pour l'ouïe des oiseaux qui pouvaient se trouver encore sur la mer, à cette heure, de jouer la valse *La Czarine*, sur son accordéon. Il y parvenait faiblement, le malheureux !

— Mes amis, nous allons jeter la sonde, leur dit M. Ristigouche.

— Bon, fit Quinquin, s'apprêtant à remonter dans la tourelle où, sur un petit *treuil*, était enroulé un délicat fil d'acier d'une longueur considérable. Faut-il accrocher le thermomètre que vous employez pour les profondeurs ?

— Oui, j'ai besoin de savoir si les poissons ont toujours chaud, là-dessous, en un mot, si nous sommes bien toujours dans les eaux tièdes du Courant du Golfe.

L'opération fut faite et donna le résultat qu'espérait M. Ristigouche. Le thermomètre enregistra, dans les profondeurs de trois cents mètres, une température qui concordait avec les indications données par les cartes spéciales, dressées à cet effet à l'usage des marins.

— Maintenant, continua M. Ristigouche, relevez la sonde avec précaution et douceur. Demain nous en aurons besoin pour la transformer en guide, un guide aveugle, il est vrai, mais qui nous remettra, je l'espère, dans la bonne route. Ce soir allons faire *dodo*, messieurs !

Mais, dès l'aube, le lendemain, les trois voyageurs étaient sur pied.

Et le guide, de l'invention de M. Ristigouche, fut mis à l'eau.

Il consistait en une large lame de plomb, pliée en losange aigu, laquelle s'attachait à la sonde et y était suspendue de façon à rester horizontale, en parfait équilibre. Cet appareil pouvait tourner sur lui-même, sans produire la torsion du fil d'acier de la sonde.

M. Ristigouche l'adapta soigneusement à l'extrémité du fil, qui fut immergé du haut du balcon, avec lenteur et prudence. M. Ristigouche, redoutant une précipitation imprudente et une rupture du fil, procédait lui-même à la manœuvre du treuil, une merveille de mécanique lilliputienne, qu'actionnait, au besoin, la machine électrique.

Puis, la sonde mouillée, il amarra la manivelle du treuil pour plus de sûreté et descendit dans la *Chambre*, en disant :

— Je vais voir ce que fait la boussole, mes enfants. Nous dérivons, vers le Sud, depuis ces dernières heures, c'est incontestable. Mais patience, le Guide aveugle va faire son office, ou alors... le courant inférieur n'existe plus, et le *Gulf-Stream* est une chimère.

— Alors, *Patron*, comme je vous le disais dans le canal de Bahama, voilà le moment arrivé pour vous de vous rattraper à la fameuse branche N.-E du Courant, et de ne pas la lâcher !...

— C'est ce que je vais tâcher d'exécuter avec mon Guide aveugle. Mais voyons ce que dit la boussole.

M. Ristigouche descendit dans la *Chambre*, et, sur le pont, Coulak reprit sa dentelle au crochet, tandis que Quinquin nettoyait et fourbissait les cuivres de la cage.

Tous deux mastiquaient, mastiquaient, en même temps, des fragments des fameuses *crêpes en bois*. C'était bien dur à avaler !

Lorsque — (l'aiguille de sa boussole étant en plein nord) — la *Perle* flottait *sans tourner sur elle-même*, ce qu'il était facile de constater par le témoignage du soleil, ou, la nuit, de la Polaire, M. Ristigouche avait remarqué qu'alors la *Perle* s'avançait toujours avec son *Balcon* à l'arrière, ce balcon regardant le sud, par conséquent.

C'était là l'un de ses points de repère.

Or quand on avait mouillé le *Guide* aveugle, les variations de l'aiguille aimantée étaient faibles, et la somme totale de leurs indications annonçait un flottage général et constant vers l'est-sud-est. Le *Balcon* était tourné à l'ouest, alors, naturellement.

Mais un quart d'heure après qu'on eut envoyé le *Guide* à deux cents mètres sous l'eau, M. Ristigouche poussa un cri de joie dans la *Chambre*.

Il constatait que le Flotteur opérait lentement un quart de conversion sur lui-même, et, se maintenant ensuite, à peu près invariablement, dans cette nouvelle position, recommençait à marcher vers le nord.

Le professeur revint sur le pont, fort satisfait. Le Guide aveugle produisait de l'effet, un effet certain.

— Nous revenons au nord! dit-il à ses compagnons. Et nous y revenons à l'aide seule de ce Guide, que j'ai établi d'après des expériences d'officiers américains et anglais. Nous battons les courants de surface avec le courant général sous-marin! Voyez les lames qui écument et nous frappent maintenant par le travers, à bâbord. Elles s'en vont toutes en belles lignes, en ordre, en flot de marée, vers l'est. Mais la *Perle* ne les suit plus, elle les coupe! La *Perle* est entraînée, *remorquée*, c'est le bon mot, par son Guide, qu'a saisi et ne lâche pas le véritable courant, le *Gulf-Stream* invariable, caché dans les profondeurs. La *Perle* coupe les lames, mes amis! Elle subit encore l'influence des courants superficiels, et cela la retarde, mais elle les traverse, allant au nord, et elle en triomphera! La voilà de nouveau en bon chemin. Le fil que tend violemment le Guide dût-il se rompre, laissons notre remorqueur sous-marin faire son ouvrage le plus longtemps possible.

Coulak et Quinquin remercièrent le *patron* d'avoir opéré ce changement favorable dans la marche de la *Perle*.

— Je veux bien voir les *oncles* de Coulak, avant de retourner à Dunkerque, ajoutait Quinquin, mais redescendre jusque chez Behanzin, là-bas, où on est rôti tout cru par le soleil, non!

— Il ne faut remercier que le *Gulf-Stream*, mes amis. Je ne me dirige pas; mais je m'efforce de ne pas le quitter et de le suivre jusqu'au bout, voilà tout, malgré vent contraire, marées, et courants de surface.

— Ces diables de courants de surface! Hou! les vilains! Ils ont déjà emporté mon Coco, qui était si joli, avec son ruban! mon cher Coco!

— *Dourak!* murmura Coulak en clignant des yeux. *Dourak!*

— Non, je ne suis pas une grosse bête, comme tu le crois et le dis, espèce de neveu des Lapons! Je voulais voir si mon Coco irait là-bas, avec nous aussi, et dans le même temps. Et, à propos, monsieur Ristigouche, vous nous avez dit la couleur bleu sombre, la largeur, la profondeur, la longueur, la température élevée et même le poids et le goût plus salé que celui des autres eaux, du Courant du golfe, mais sa vitesse en,.. comment dites-vous? en moyenne, quelle est-elle? Enfin, en combien de temps arriverons-nous là-bas?

— Mes amis, les savants, les marins ne sont pas d'accord sur cette question-là. Il s'en faut. Un grand géographe, très circonspect et très complet dans ses travaux, M. Elisée Reclus, dit à ce sujet : « L'amiral Irminger lui donne une vitesse moyenne de 5 kilomètres par jour, tandis que le capitaine Otto a cru pouvoir indiquer pour le même espace de temps, du moins sur les côtes de Norvège, une rapidité de près de 20 kilomètres. D'après Finlay, il lui faudrait d'un an à deux pour aller de la Floride en Europe, mais d'après Petermann quelques mois suffiraient. Des bouteilles flottantes renfermant des lettres de navigateurs en détresse et ramassées en divers parages permettent de fixer approximativement à *six mois* le temps nécessaire au déplacement des eaux de l'une à l'autre rive de l'Atlantique. »

— Ah! Eh bien, et vous, monsieur, qu'est-ce que vous dites?

— Moi? je ne suis pas un savant! Je n'ai pas d'opinions à soutenir, excepté la conviction que j'ai d'aller au Cap Nord. Mais si nous ne sommes pas encore détournés de notre route par des courants de surface ou par des vents soufflant du nord-est, ce dont les vents n'ont pas l'habitude en cette saison sur le *Gulf-Stream* et dans les latitudes où nous entrons ; enfin si, comme dans les très intéressantes expériences du prince de Monaco et du savant M. Georges Pouchet en 1887 (expériences pendant lesquelles de deux petits flotteurs mis à l'eau, au même point, l'un alla en *Irlande* tandis que l'autre fut retrouvé à Ténériffe), nous ne subissons pas les caprices extraordinaires de la mer à la partie supérieure, je puis vous faire espérer que nous serons rendus vers le mois d'août à un des points quelconques de la Norvège septentrionale...

— Tout va bien alors, fit Quinquin. Et vive le Guide aveugle !

CHAPITRE XII

UN VISITEUR CÉLESTE

Ayant au Nord ce que l'on appelait l'avant, par rapport au point où se trouvait le Balcon, lorsque la *Perle* marchait sans pivoter — point sur lequel, dans la *Chambre*, on avait inscrit le mot arrière — le Flotteur suivit, non sans zigzags, la bonne voie, enfin retrouvée, pendant plus d'une semaine.

On zigzaguait, on avançait, mètre à mètre, et bien lentement, mais enfin on avançait sur le *Courant Européen*.

On avait remonté à bord le Guide aveugle, sans briser le fil d'acier, que Quinquin, plein de reconnaissance, avait poli et passé à l'huile soigneusement, à mesure que le treuil l'enroulait sur son cylindre.

A la fin du mois d'avril, par une belle nuit de lune, sans brouillard, une nuit magnifique (mais pas chaude pour deux sous! disait le petit Dunkerquois), les passagers de la *Perle*, réunis dans la Cage, écoutaient un petit cours de Cosmographie élémentaire que leur faisait le tenace professeur. Il leur montrait, il leur apprenait à distinguer entre eux les astres aux feux limpides, de couleurs différentes, vénérables pilotes éternels qui ont été contemplés, dans les siècles passés, par des millions d'yeux, qui ont fait méditer des millions de cerveaux, qui ont guidé des millions de marins sur les Océans, et de voyageurs sur les Continents, et qui, maintenant encore, sont contem-

13

plés, interrogés, écoutés, bénis par des millions d'êtres humains qui les regardent toujours avec respect et admiration.

Des aérolithes, poussières glacées d'étoiles, miettes d'astres brisés qui, lorsqu'elles pénètrent dans l'atmosphère de la terre, s'y échauffent par le frottement au point de s'y enflammer, sillonnaient, à chaque instant, l'énorme coupole bleue sombre dont les bords circulaires semblaient supportés par l'horizon noir de la mer.

Coulak se signait dévotement à la russe selon le rite grec, du front à la poitrine et de l'épaule droite à l'épaule gauche, à chaque étoile filante.

Quinquin restait tout pensif.

Comme M. Ristigouche racontait à ses compagnons l'invention des lunettes astronomiques, et leur apprenait, à propos des étoiles, que l'œil le plus perçant n'en peut apercevoir que 4 ou 5 mille, tandis que le télescope lui en montre déjà 45 millions, les deux matelots nains, soudain éblouis par une immense lueur apparue dans le ciel, mirent leurs mains devant leurs yeux. Cette lueur fut instantanément suivie d'un bruit roulant formidable, comparable à la décharge presque simultanée d'une batterie de canons de gros calibre.

En même temps, il leur sembla que la *Perle* bondissait, quittant la surface de la mer soulevée tout à coup. Puis des avalanches d'eau s'écroulèrent sur la cage. Les solides barreaux divisèrent heureusement la masse qui s'abattait sur eux. Mais frappés de toute part, bousculés, les voyageurs tombèrent et roulèrent sur le pont, jetés çà et là, M. Ristigouche contre la tourelle, Quinquin du côté de la porte de la cage, heureusement fermée, Coulak près des barreaux à l'avant.

S'ils avaient été réunis sur le *Balcon*, ils auraient été certainement emportés et précipités à la mer.

Ils se relevèrent péniblement, et tous plus ou moins froissés, mais intacts. Par exemple, ils n'avaient plus un fil de sec !

M. Ristigouche fut debout le premier. Sans mot dire, il regarda la mer qui bouillonnait, blanche d'écume, sur une vaste étendue, à quelques cents mètres de la *Perle* et autour d'elle, et bruissait en sifflant comme une mer de friture bouillante.

— C'est un Bolide, murmura-t-il, oui. Un aérolithe, un visiteur céleste !

C'est une pierre tombée de l'espace, enflammée, qui a fait explosion, et dont les débris viennent d'entrer brûlants dans les flots. Une simple étoile filante! La plupart se perdent ainsi dans les océans.

— Heureusement, dit Quinquin d'une voix dolente, mais nous avons bien failli en retrouver une, nous, et sur notre tête encore! — Merci!

— Où est Coulak? Coulak! s'écria le professeur inquiet.

La voix de Coulak, très douce, se fit entendre.

— Je suis là, *Bàrine*.

— Blessé, mon ami!...

— Non, mouillé. — *Nit-chevo!*

— Ce n'est rien, soit, grâce au ciel! Mais allons nous déshabiller, mes enfants. Nous sommes à tordre.

— Et moi qui refusais de me baigner, sous prétexte qu'on peut rencontrer des requins! cria Quinquin. Je viens de prendre une douche, avec supplément, qui vaudrait bien dix sous de pourboire au garçon!

— *Nitchevo!* dit le *Citoyen de Mobile* imitant Coulak.

— Ce n'est rien, c'est entendu! mais je demande un petit *Extrait*, Commodore? Je suis ému comme une demoiselle!

— L'extrait est d'avance accordé. Descendons dans la *Chambre*.

Pendant qu'on changeait de vêtements et qu'on prenait non pas un léger rafraîchissement, mais un fort réchauffant, M. Ristigouche dit à son équipage : — Le ciel était pur au nord, mais il y avait des nuages à l'ouest, ce soir. On crée des pluies artificielles et des orages éphémères en opérant la condensation des nuages à l'aide d'explosifs lancés à de grandes hauteurs. Pourvu que le Bolide, quoiqu'il ait éclaté à la surface de la mer, ne détermine pas, là-haut, des tempêtes. En outre les grandes marées qui suivent la pleine lune sont sur nos trousses depuis hier. Si tout cela se combine contre nous,

nous passerons, demain ou après-demain, des heures peu souriantes. Voyons le baromètre? Non, il ne baisse pas encore. Mais j'entends la brise friser dans la crête des lames. Enfin! — Couchons-nous. Reposons-nous pour les fatigues à venir.

— Bonsoir, messieurs, fit Quinquin, et ne rêvons pas que nous descendons jusqu'au centre du globe, à cheval sur un éclat de Bolide.

La nuit fut paisible, en grande partie, mais, à l'aube, aux mouvements d'ascension et de descente, précipités et rapides, de la *Perle* sur les flots, on vit bien que le flotteur filait, presque sans tournoyer sur sa route, avec une vitesse excessive, sous la pression du vent.

— L'aiguille est plein Nord-Est! s'écria M. Ristigouche, et la brise qui souffle en pulvérisant l'eau sur les hublots me paraît être ce qu'on appelle, en marine, un *grand frais*, 15 mètres à la seconde. — Calculez le reste, Quinquin.

— Heu?... heu?... 15 mètres à la seconde?... — 60 secondes dans une minute... heu?... 60 minutes dans une heure..., heu?... Donne-moi ton crayon, Coulak. Non! pas ton crochet! Voyons, je te demande un crayon.

Le crayon donné, M. Quinquin le mouilla d'abord, ce qui était inutile, puis il fit deux multiplications. 54 kilomètres, annonça-t-il enfin; à l'heure, bien entendu, voilà ce que fait la *Perle* en ce moment... Un vrai chemin de fer.

— Et le vent vient du Sud-Ouest, ajouta le professeur.

— Parfait! Il nous mène au pays des rennes!

— *Priamo!* ajouta Coulak. *Tout droit!* traduisit-il pour Quinquin.

Un affreux temps, qui dura cinq jours, suivit le *grand frais* son précurseur. A la fin, le vent devint plus maniable, selon le mot des marins, tout en ne perdant guère de sa force première ; mais il ne souffla pas continuellement. Il eut des accalmies qui, pourtant, ne calmèrent point la mer. Elle ondulait d'une façon effrayante.

C'est égal! on flottait à toute vitesse, au milieu de la nappe immense d'eaux d'une tiédeur appréciable encore, répandue sur l'Atlantique par le *Gulf-Stream*, et dans la bonne direction.

Cela dura cinq jours ; nous l'avons dit. Le sixième, pendant une éclaircie, Quinquin monta sur le pont. Il y trouva des oiseaux qui y avaient pénétré par les barreaux, la nuit, en se brisant le crâne contre le fanal, et qui étaient morts. Il les ramassa en secouant la tête.

— Voilà ce que c'est que d'être trop curieux, dit-il. Ils y ont gagné le trépas! Eh bien, puisqu'ils sont là, et qu'en voilà deux qui sont d'une espèce qui ne sent pas trop l'huile de poisson, je les ajouterai aux *Extraits* du souper. C'est moi qui suis de cuisine. Je leur ferai une petite sauce un peu poivrée, et je les servirai sous le nom de *Pigeons boréaux, sauce Equateur!* Mais il faudra mastiquer, mastiquer, mon ami Coulak, car mes pigeons boréaux ne seront pas même aussi tendres que les vieux coqs qu'on vend chez moi, sur la place Jean-Bart! — Ah! ma bonne place Jean-Bart! reprit doucement le Dunkerquois. C'est aujourd'hui samedi, jour de marché, et il me semble que j'y vois, là-bas, la pauvre vieille maman de Quinquin, un peu triste, avec son petit châle en pointe dans le dos, et son bonnet blanc, qui trottine parmi les maraîchères de Rosaëndaël, ses camarades d'enfance.

Mais en achevant ces mots, M. Quinquin ne riait plus du tout. Et qu'avait-il alors dans les yeux? Était-ce l'embrun des vagues? Étaient-ce des larmes?

Les goélands qui fuyaient à tire-d'aile, ou qui tournoyaient au-dessus de la tête inclinée de Quinquin, ne pouvaient le savoir. Mais, nous qui sommes les amis intimes du jeune garçon, et qui connaissons son cœur, nous savons bien que c'étaient des pleurs qui roulaient dans ses yeux, tandis que l'image de sa mère âgée et solitaire leur apparaissait ainsi.

Quand il releva la tête, il vit à l'horizon nord, entre les vapeurs couleur d'ardoise qui semblaient pendre du ciel sur la mer comme d'immenses franges de deuil, la silhouette très lointaine d'une haute et sombre muraille au faîte déchiqueté.

En avant des brumes, au milieu de la blancheur sinistre de l'Océan écumant, un point noir flottait.

Quinquin, se passant le dos de la main sur les yeux, regarda attentivement ce point noir :

— Ce doit être mon Coco, dit-il. Ce pauvre petit. Il nous a rattrapés!

Puis, courant à la tourelle, il fit manœuvrer l'*obturateur* de la *Perle*, et se penchant sur l'escalier, il annonça :

— Attention en bas! Devant nous, par tribord, le Coco de M. Quinquin, et une terre en vue!

Comme il avait été impossible à M. Ristigouche depuis plusieurs jours — bien qu'on fût déjà dans les latitudes où les jours grandissent à pas de géant, en cette saison — d'apercevoir un instant le soleil ou les astres, toujours voilés par les brumes et la pluie, et d'estimer la route faite autrement que par le Loch, qui ne pouvait lui donner que des erreurs prodigieuses, même en faisant abstraction des dérives et des arabesques décrites par la *Perle*, le professeur ignorait à peu près aussi complètement que Coulak et Quinquin, quelle pouvait bien être la terre en vue.

Il monta sur le pont, avec Coulak, et constata que c'était bien une terre qui dressait de lugubres falaises au-dessus des flots, à l'horizon, loin encore.

Il l'examina de sa bonne jumelle marine.

Mais son télescope ne lui donna aucun renseignement plus précis que celui qu'il tenait de son œil nu, à savoir qu'une terre était visible.

— Serions-nous enfin au Cap Nord, monsieur? demanda Quinquin.

— Oh! non!.. Mais peut-être est-ce une des Sorlingues, une des îles Scilly, comme disent les Anglais. *Tresco*, peut-être?

— Quoi! l'île anglaise où il pleut toujours, mais où la chaleur amenée par les vapeurs et l'eau du *Courant du Golfe* font pousser des palmiers en pleine terre, et qui produit tant de légumes?

— Qui sait? Peut-être aussi avons-nous dépassé les Sorlingues, sans nous en douter, et voyons-nous un des caps de l'Irlande orientale? Mais alors nous aurions bien donné dans l'Est, de nouveau. En tout cas, c'est un premier coin de l'Europe que nous voyons, car nous ne pouvons être en Islande ou au Groënland, bien entendu.

— Non. Par malheur, vous n'avez pas pu faire votre *point*, et nous ne pourrons en savoir plus que si nous y abordons, dans votre coin de l'Europe!

— Si nous y abordons!... Attendons.

— Oui. Mais, et mon *Coco*, monsieur? Je l'oubliais, moi, père dénaturé; donnez-lui donc un coup de télescope, là-bas,... tout là-bas.

— Soit! mais, à simple vue, ce point noir ne saurait être votre coco, mon garçon! A la distance où se trouve ce point noir, il faudrait que ce fût un coco phénoménal pour qu'on l'aperçût d'ici.

M. Ristigouche braqua sa lunette sur le point noir.

— Ce n'est pas un coco, mon cher enfant, dit-il.

— Un flotteur comme le nôtre, alors?

— Non. C'est une embarcation, avec un mât, gros à peine d'ici comme un fil, et dont la voilure est amenée.

— Entends-tu, Coulak? C'est un canot! Roule ton crochet, mon Lapon! C'est peut-être tes parents qui viennent au-devant de toi?

— C'est une barque de pêcheurs, reprit M. Ristigouche. Elle est montée par quatre ou cinq hommes. Je ne les distingue pas très bien. Mais nous allons dessus et il me semble qu'ils viennent à nous. Ils nous ont vus. Ils

larguent la voile. Ils nous prennent sans doute pour un Dauphin à tête ronde.
Ils vont nous donner la chasse, certainement.

— Oh ! quel nez ils vont faire ! C'est égal, je m'en vais ajuster la gaffe, et
hisser les pavillons, patron. — Un coup ou deux de cornet à bouquin, Coulak,
par pitié pour ces braves gens. Qu'ils ne s'échinent pas à ramer en courant
des bordées. Ils vont comprendre tout de suite au son de la corne que nous
ne sommes pas un poisson.

— Un cétacé, Quinquin ; le Dauphin est un cétacé et non un poisson.

— Entendu, Commodore !

CHAPITRE XIII

LES SENSITIVES DU NORD

Ses trois pavillons arborés, — car la *Perle*, dans les grandes occasions, déployait simultanément les *Couleurs* des trois nobles nations auxquelles appartenaient ses passagers, — le Flotteur attendit, non pas de pied ferme, mais en s'avançant à sa manière sur les vagues, la visite probable des pêcheurs, venus sans doute, vu l'exiguïté de leur embarcation, de la terre inconnue, voisine, qui se profilait à l'horizon.

Quand cette embarcation, un petit Cotre massif, arriva à portée de la voix après une demi-heure d'attente, l'équipage de la *Perle* la salua d'un petit concert joyeux de son invention.

Quinquin jouait la *Marseillaise* sur son accordéon, Coulak chantait, son béret respectueusement ôté, l'*Hymne au Czar* en s'accompagnant sur une longue guitare de son pays, la *Balalaïka*, et M. Ristigouche, se joignant à l'entrain de ses compagnons, scandait, en mesure, à coups de cornet, la belle *Marche* américaine de *Sherman*, qu'il sifflait de toutes ses lèvres.

Debout sur le pont de leur cotre, les pêcheurs répondirent à ce cordial charivari par des hourras, en agitant leurs bonnets.

Mais quand on put distinguer leurs traits, le *Flotteur* et le cotre étant alors presque bord à bord, M. Ristigouche remarqua la pâleur excessive de

14

leurs figures, et leurs yeux démesurément dilatés par une indicible surprise.

Le professeur les héla en anglais. Ils répondirent en écossais rauque que M. Ristigouche eut de la peine à comprendre.

Mais enfin, avec un étonnement aussi agréable que profond, le citoyen de Mobile apprit que la *Perle* avait monté dans le Nord bien plus haut qu'il ne le supposait, et que la terre en vue était la plus considérable des îles du solitaire et minuscule archipel de Hirt, ou *Saint-Kilda*, situé, en pleine mer, à plus de 30 lieues des Hébrides.

La *Perle* était déjà arrivée à l'extrémité nord de l'Écosse.

En échange des renseignements que lui fournirent les pêcheurs, M. Ristigouche essaya de leur expliquer, en quelques mots, ce qu'était son flotteur, et le but de son voyage.

Mais en l'écoutant, en regardant ces trois petits hommes à l'air vieillot qui naviguaient, depuis des mois, dans un navire sans vapeur et sans voile, absolument fantastique pour eux, en apprenant qu'ils venaient des Tropiques et se proposaient d'atteindre le Cap Nord, ces braves gens paraissaient en proie à une stupeur accablante ; ils tremblaient, et on voyait la sueur couler à grosses gouttes sur leur front.

— Ils ont l'air d'avoir une fameuse émotion ! disait Quinquin à Coulak. Ils ont peut-être peur de nous. Pourtant mon accordéon a dû leur faire bien du plaisir et les rassurer sur nos intentions !

Mais, en dépit des sons enchanteurs que leur avait fait entendre l'accordéon de M. Quinquin, les naturels de Saint-Kilda paraissaient pressés de quitter ce qu'ils prenaient sans doute pour une bouteille magique montée par des sorciers.

Ils agitèrent encore une fois, poliment, leurs bonnets ; mais sans témoigner aucun désir d'accoster la *Perle* et d'y monter, ils reprirent brusquement leur route du côté de leur pays.

— Eh bien, ils ne sont pas trop curieux, ces sauvages-là, dit Quinquin. Ils n'ont même pas attendu que je leur achète quelques harengs.

— Ils se sauvent comme je me sauverais si une *Bubu* (sorcière) me disait de lui donner la main, ajouta Coulak, qui avait repris son travail d'agrément.

— Écoutez, garçons, fit M. Ristigouche, cela n'a rien d'étonnant. Maintenant que je sais où nous sommes, je m'explique leur terreur. Notre rencontre, et ils le savent bien, va les rendre malades pour une quinzaine au moins! Ils avaient hâte d'échapper à notre influence. L'arrivée, la présence, fort rare chez ces Robinsons du Nord, des étrangers dans leur île inaccessible pendant neuf mois de l'année, agit sur leur tempérament d'une façon extraordinaire. Ils en éprouvent une telle perturbation que des fièvres, dangereuses souvent, en résultent; un malaise général et un fort rhume en sont les conséquences les plus bénignes. L'étranger remuant, bavard, bruyant, leur apportant brusquement à la fois mille notions nouvelles incompréhensibles, les trouble exactement comme sont troublés, pour les mêmes causes, les sauvages où le Blanc fait invasion.

— Alors ils vont tousser et se moucher pendant huit jours, rien que pour nous avoir vus! En voilà des Sensitives!

— Oui, ce sont de véritables *Sensitives du nord*. Et l'*influenza* n'est pas pour eux un vain mot. L'effet de l'influence des étrangers sur ces singuliers insulaires, tranquilles et inertes sur leur rocher comme des *clovis* et autres mollusques, a pour résultat une fièvre spéciale, reconnue par la science, et que les Anglais appellent *Boat-Cough*, le *rhume de bateau*. Certains meurent même des suites.

— Ah! les pauvres sensitives!

— Et cependant, ajouta le professeur, au milieu des brumes perpétuelles où ils végètent, sous les pluies, malgré leur nourriture grossière, maigre et peu variée, la phtisie de naissance leur est inconnue. La fumée de la tourbe qu'ils brûlent les en préserve, dit-on. C'est leur antiseptique.

— Oui, dit Quinquin, je vois ce que c'est. Les gens de Saint-Kilda ont la dureté du fer, mais la moindre rouille a raison d'eux facilement.

— C'est cela. Pourtant la centaine d'êtres qui peuplent Saint-Kilda n'est pas près de disparaître. Leur nombre ne croît pas de beaucoup, mais il ne diminue pas, quoique les enfants y périssent facilement, malgré l'huile, tirée de l'estomac des Pétrels, et mêlée de vin, qu'on leur fait boire à leurs premières dents.

— De l'huile d'estomac de Pétrel ! Ah ! Commodore, vous m'ôtez l'appétit. Hein ! dis donc, Coulak, de l'huile d'estomac de Petit-Pierre dans du vin !

Mais Coulak, loin de témoigner du dégoût pour le remède, se passait le bout de la langue sur les lèvres, et ses petits yeux brillaient d'envie.

— J'aime bien l'huile de poisson, fit-il, mais de l'huile d'oiseau de mer dans du vin, ça doit être bien bon !

— Oh ! le vilain Lapon. Oh ! va, tu es bien leur neveu, toi !

Pendant qu'on discourait sur les mœurs singulières des habitants de Saint-Kilda, la brise s'était de nouveau élevée, mais elle soufflait de terre, à ce qu'il parut à M. Ristigouche, et il n'en fut pas trop contrarié, car si elle rejetait la *Perle* à l'ouest, en dehors de la ligne de marche des jours précédents, elle l'écartait des murailles de granit et de porphyre, hautes de 400 mètres, qui défendit l'accès des îles de Saint-Kilda et sur lesquelles, avec les souffles du large, on eût pu arriver avec la vitesse d'un express. Or le professeur ne tenait pas, malgré l'élasticité de son *flotteur*, à l'expérimenter si loin du but encore.

Aussi il dit à ses compagnons :

— Sur les côtes de Norvège, qui sont terribles, la *Perle* fera son devoir, et la destinée qui lui est fixée, elle l'accomplira, et je ne dirai rien, dussé-je y périr, mais ici...

— Où on boit des saletés, murmura Quinquin.

— Mais ici, je ne puis que me réjouir de voir la *Perle* s'éloigner un moment de son but.

Le vent reprenant de la force, et les lames balayant de nouveau le pont, on redescendit dans la *Chambre*.

On y soupa fort gaiement, malgré les grondements de la coupole et les coups de mer aux hublots, coups frappés comme par une main impatiente.

A ces coups de mer, sonores, Quinquin se bornait à répondre de temps en temps, tout en « potassant » son anglais :

— Entrez !

Coulak, imitant la réserve du quatrième officier du Convoi de Malbrouck, qui ne portait rien et ne disait pas grand'chose, travaillait au crochet, et songeait que sa solide dentelle lui procurerait une jolie somme, en la vendant à Bergen, s'il y revenait jamais.

La nuit fut mouvementée, mais au point du jour le vent se calma, et la pluie tomba avec force, ce qui apaisa instantanément la houle de la mer.

Comme Quinquin n'avait pas, à l'endroit de la pluie, les hésitations de Gribouille, ni sa bêtise, attendu qu'il aimait mieux recevoir la pluie que de se jeter à l'eau pour s'y soustraire, il honora le pont de sa présence dans la matinée.

Quelle ne fut pas sa surprise d'apercevoir au loin un immense vaisseau sous voiles devant lui, dans l'ouest. La *Perle* marchait, balcon à l'arrière.

— Sais-tu ce que c'est que ce bâtiment-là, toi, neveu des Lapons? demanda-t-il à Coulak, monté avec lui dans la cage.

— Il est joliment haut sur l'eau, avec sa pyramide de voiles, celui-là, dit le Russe. Mais, par le temps qu'il fait, marcher avec tout cela, c'est bien imprudent. Ce n'est pas un navire naturel, ça? Je ne le vois pas bien nette- ment, à cause de la pluie, mais il me semble immobile et comme s'il était changé en pierre. C'est louche, Quinquin. Ciel! si c'était le *Vaisseau du capitaine hollandais*, qui est damné, le *Vaisseau fantôme* qui doit errer sur les mers jusqu'au Jugement dernier?

— Allons donc! c'est un vrai vaisseau, je te dis; je le reconnais bien, moi! C'est le plus grand navire à voiles qui existe au monde, et je le sais parfaite- ment, puisque c'est un navire de Dunkerque, *France*, un navire à cinq mâts, tu entends bien, Coulak, à cinq mâts! Tout en fer, les mâts aussi, et les gros agrès aussi. Il va aussi vite que le vent, et même plus, puisqu'il le précède, dame! Il est revenu une fois d'Iquique à Dunkerque, par le cap Horn, en 98 jours, chargé de nitrate de soude.

— Iquique, c'est dans le Pérou, ça?

— Non, au Chili. Et pour un navire à voiles, c'est un joli tour rudement vite fait. Mais je vais appeler le patron, qui est un amateur de beaux navires.

— Monsieur Ristigouche ! venez donc voir un peu, s'il vous plaît, la tournure qu'ils ont, les bateaux de Dunkerque? Cinq mâts, sans compter le beaupré, et 42 voiles sans compter les voiles de cape. Armateur : A.-D. Bordes.

Mais après avoir jeté un simple coup d'œil sur le navire géant, à l'horizon, M. Ristigouche étonna beaucoup Quinquin en lui disant :

— Je regrette d'avoir à vous détromper, Quinquin, mais ceci n'est point un navire. C'est un rocher. Ils sont assez communs sur les océans, ces rochers en aiguilles, couverts d'une couche blanche d'excréments d'oiseaux, et qu'on prend de loin pour des navires sous voiles.

— Ah ! bah !

— Oui. Et d'ailleurs que ferait ici votre *France*, de Dunkerque, dont j'ai entendu parler comme d'une merveille navale, unique encore dans la marine de commerce, puisqu'elle est destinée à porter de la houille dans l'Amérique du Sud et à rapporter de l'Amérique du Sud à Dunkerque des nitrates utiles pour l'agriculture?

— Un rocher, en pyramide, comme la voilure déployée d'un bâtiment?

— Oui. Descendons examiner les cartes; nous allons savoir son nom, s'il en a un, ce que j'espère bien, à moins que nous n'en soyions les Christophe Colomb. Mais j'en doute.

Les cartes consultées, les livres lus, M. Ristigouche déclara que ce rocher, dont ils ne faisaient pas la découverte, attendu qu'il est le centre d'un lieu de pêche, longtemps inexploré, mais très exploité à présent, n'était que la pointe, émergeant des flots, d'une montagne sous-marine, le plateau de *Rockall*. C'est pour nous un bon point de repère, un *Amer*, comme disent les marins. Voilà sa latitude et sa longitude indiquées là sur la carte, et les auteurs me font connaître qu'il est situé à 400 kilomètres des Hébrides et à 500 des côtes irlandaises. Décidément le vent nous a poussés à l'Ouest.

— Hier et cette nuit, monsieur; mais le voilà qui reprend du Sud-Ouest, et la pluie cesse.

— Tant mieux !

— Tant mieux ! Car si nous faisions naufrage sur ce roc, qui n'a, dit le livre, que 100 mètres de tour, il nous serait difficile d'y vivre à la Robinson pendant longtemps, même en nous contentant d'œufs d'oiseaux de mer et de poissons pêchés à l'aide d'une épingle au bout d'une ficelle, comme dans les romans, poursuivit Quinquin.

— Et je n'y trouverais pas le placement de ma garniture au crochet, soupira Coulak. Ce serait dommage! Elle est si jolie! Et elle est déjà d'une si belle longueur!

CHAPITRE XIV

UN TROUPEAU OBSTINÉ

Par une nuit très calme, mais dont l'obscurité était intense, quinze jours plus tard, la *Perle* poursuivant vers le nord-est sa marche lente et pénible, mais persistante, s'agita, trépida sous de légers chocs réitérés, incessants, chocs incompréhensibles, vu l'état paisible de la mer.

Debout dès les premiers heurts subis par la doublure du flotteur, M. Ristigouche, sans éveiller ses compagnons, monta sur le pont avec la conviction que la *Perle* entrée au milieu d'écueils, sous la poussée du flot, y jouait le rôle d'un volant jeté et renvoyé tour à tour par plusieurs raquettes.

Il se savait dans les parages de l'archipel des Færœr.

Mais autour des îles qui le composent, îles aux falaises gigantesques, à pic, sur lesquelles l'Océan déferle avec une furie épouvantable, il ne pouvait se trouver des écueils anodins assez aimables, même par les beaux jours, pour se contenter de donner à la *Perle* de simples petits coups de pattes, doux et brefs, comme ceux d'une mère chatte à ses chatons.

Le fanal, en activité, lançait ses rais horizontaux dans l'espace noir, au-dessus de sa tête, mais quelque bons yeux qu'eût le citoyen de Mobile il ne distinguait, partout où frappait la lumière électrique, que l'espèce de

15

poussière ténébreuse du brouillard, la nuit. Nulle trace de falaises, éclairées
subitement, et apparues ruisselantes d'eau.

— Qu'est-ce que cela peut bien être? D'où viennent ces coups de poing,
pleins de cordialité, c'est évident, que la *Perle* reçoit sur sa panse, dont
elle ne peut souffrir, et qui la font courir un peu plus vite sans doute, je ne
me l'explique pas. La mer clapote en tumulte autour de nous, mais sans
ce retour périodique du bruit, sans cette espèce de rythme qu'ont les flots
légèrement agités. C'est saccadé, irrégulier, en désordre. Qu'est-ce que
cela peut bien être?

M. Ristigouche, le visage collé aux barreaux de la cage, se posait ces questions pour la vingtième fois, quand la voix de Quinquin, basse et prudente,
se fit entendre dans la tourelle.

— Dites donc, Commodore! je ne puis plus dormir, moi. Comme on
frappait à mes carreaux à chaque instant, je me suis levé, et j'ai fait briller
la *Swain* pour essayer de voir... si ce n'était pas le moustique des Antilles,
de retour à bord, qui me faisait des farces. Mais à peine la lampe allumée,
j'ai vu, et je vous assure que je ne rêve pas, des gros yeux qui me regar-
daient par tous les hublots.

— Des gros yeux?

— Oui, monsieur. Des yeux de bêtes. Et ce doit être ces bêtes-là qui se
frottent le dos, qui se grattent contre la *Perle*.

— Eh! mais, Quinquin, vous me donnez là, sans doute, la solution du pro-
blème que je me pose depuis vingt minutes. Vous avez raison. Ce sont de
grosses bêtes. Et ces bêtes-là, dans le voisinage des Færœr, ne peuvent être
que des Dauphins globicéphales, des Dauphins à tête ronde, des *Épaulards*
enfin.

— Des poiss.... Non, des Cétacés, monsieur, des mammifères marins?

— Oui, mon ami.

— Mais que font-ils autour de la *Perle*?

— Ils ont été attirés par la flamme du fanal, c'est certain, et déçus dans
leur curiosité, ne voyant là qu'une chose qui leur paraît une île flottante,
ils ne s'en éloignent pas, rassurés par le silence de cette île inédite dans
leurs souvenirs.

— Bon! Faut-il faire jouer le cornet à bouquin?

— Hum? — Il ne faut pas les effrayer pourtant. Car, comme nous devons être au milieu d'un troupeau, s'ils devenaient fous de peur, ou furieux, ils pourraient se ruer sur le flotteur. Cependant il faut en courir la chance, je crois, car ils peuvent aussi, nous emprisonnant dans leur bande serrée, nous emporter hors du Courant. Effrayons-les donc, mais graduellement, pour les disperser. — Un coup de cornet, Quinquin, en douceur?

Quinquin fit jouer *crescendo*, habilement, le signal d'alarme.

Le clapotis de l'eau cessa subitement lorsque du silence de la nuit s'éleva, comme un murmure d'abord, puis plus intense, le gémissement du cornet.

— Ils ont entendu. Ils écoutent. Ils cessent de nager. Encore un coup de cornet, Quinquin, et puis poussons un cri ensemble.

Quinquin obéit, et tandis que le professeur proférait à plein poumons, une série de *Hallóo! Hallóo!* le petit Dunkerquois hurlait sans relâche :

— A la niche! allez coucher! à la niche! allez coucher!

Bien que les globicéphales ne connaissent pas un mot d'anglais ou de français, ils semblèrent parfaitement comprendre qu'on les priait de s'en aller. Ils se débandèrent en grand désordre, et on vit vaguement la forme noire de plusieurs cabrioler, avec leur agilité bien connue, au-dessus de l'eau blanchie d'écume, à la hauteur de la Cage.

M. Ristigouche et Quinquin se mirent à rire.

— Quels clowns!

Mais en s'enfuyant précipitamment, lesdits *clowns* firent un tel tapage que Coulak fut tiré de son somme.

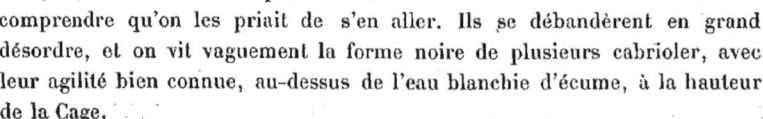

Étonné de ne voir personne dans la *Chambre* illuminée, abasourdi par les chocs plus nombreux que jamais que recevait la doublure de la *Perle*, il s'élança vers l'échelle et monta sur le pont, sans prendre le temps de mettre ses bottes de mer.

— *Batouchka!* ma petite colombe azurée! cria-t-il en arrivant dans la tourelle, où êtes-vous? Que se passe-t-il?

— *Nitchevo!* lui répondit Quinquin, qui riait de plus belle.

— Quoi! Vous êtes là? Je vous croyais perdus! Partis!...

— Tu nous croyais partis en promenade. Un déjeuner sur l'herbe, peut-être?

— Ah! Saint Nicolas! je respire. Ah! mes pigeons blancs, ce n'est donc rien?

— Mais qu'est-ce qu'il a, le neveu des Lapons? Lui si grave, si froid. On voit bien qu'il se sent près de son pays de glaces. Ça le réchauffe, ça l'émotionne. C'est ça. Rassure-toi, camarade. Nous venons d'envoyer paître, comme des bons bergers, un troupeau de poissons, de cétacés, veux-je dire, qui prenaient la *Perle* pour une lanterne magique.

Et le professeur ajouta :

— Oui, des dauphins, que nous avons chassés d'ici, voilà tout, mon bon Coulak. Mais c'est fini. Ils n'y reviendront plus, et nous pouvons enfin reprendre notre somme pour tout de bon.

Ils le reprirent en effet, pendant quelques heures, mais il fut brusquement interrompu de nouveau, en lever du jour, et, par la même cause, comme ils le virent de leurs yeux, clairement et non sans quelque inquiétude; mais,. cette fois, aux coups que frappaient les dauphins revenus en rangs pressés et qui semblaient monter à l'assaut du flotteur dans leurs bonds incessants, au hourvari assourdissant des flots violemment traversés, coupés, fendus par les nageoires et la queue des *épaulards*, se mêlaient des clameurs humaines, à n'en pouvoir douter.

Le jour naissant, gris et trouble, permit à M. Ristigouche de reconnaître, à un mille devant la *Perle*, les contours noirs d'une côte qui s'abaissait, au centre, jusqu'au niveau de la mer, et semblait l'ouverture d'un de ces golfes étroits et allongés qu'on nomme des Fjords, mais de chaque côté de cette entrée de fjord, et continuant la côte en demi-cercle, s'élevaient de gigantesques falaises verdâtres à perte de vue.

LES « ÉPAULARDS » DANS LA BAIE DE WESTMANSHAVN

Le Flotteur, entraîné par le troupeau des épaulards réunis de nouveau autour de lui pendant que ses passagers dormaient, était entré malgré lui dans une baie des Færœr, évidemment.

Mais pourquoi ce troupeau, abandonnant la haute mer, se réfugiait-il au fond d'une baie d'aspect sinistre, en proie à une épouvante visible, soufflant des jets d'eau, et bondissant avec de sourds beuglements?

C'est ce dont le citoyen de Mobile se rendit bientôt compte en percevant, comme on l'a dit, au milieu du fracas général, le son éloigné de voix humaines.

Ces voix venaient de la mer, derrière le troupeau des dauphins, mais les ondulations de l'eau soulevée, projetée en tous sens, empêchaient de voir qui pouvait pousser ces cris sauvages, répercutés par les échos des falaises.

La tête du troupeau atteignit enfin le rivage, et la *Perle* emportée, bousculée, il n'y a pas d'autre mot pour peindre le fait, par les globicéphales qui nageaient et sautaient désespérément à la suite de leurs conducteurs effarés, s'échoua à son tour sur des rochers lisses et glissants.

Elle y resta clouée, immobile.

Dans la cage du Flotteur, nos voyageurs avaient compris bien vite qu'ils assistaient à l'épilogue de quelque chasse prodigieuse, faite selon les us du pays. Des courants d'eau rouge, de plus en plus nombreux, sillonnant la mer d'un vert sombre, la noire tige de harpons qu'ils aperçurent au-dessus du dos luisant des dauphins qui se traînaient en gémissant sur les rocs, près d'eux, les confirma dans leur opinion.

Enfin, à la queue du large troupeau, ils virent, battant avec fureur l'eau de leurs avirons, une trentaine de *yoles* montées par des hommes à bonnets pointus qui s'avançaient en demi-cercle, poussant devant eux à la côte les derniers dauphins, les harponnant, faisant pleuvoir en même temps une grêle de pierres sur les lames moutonneuses, et, afin, sans doute, d'empêcher les malheureuses bêtes d'essayer de s'échapper de la masse condamnée à mort, en passant par-dessous les barques qui leur coupaient la retraite, les enserrant comme d'un filet immense.

Sur le rivage, au bas des rochers, une foule d'autres pêcheurs accourus de l'intérieur du pays, se livraient déjà à un massacre impitoyable de ces êtres marins qui sont pour leurs vainqueurs, hélas! les biens plus précieux de la

terre, et de la dépouille desquels ils tirent ce qui leur permet de vivre et de
se procurer quelques rares douceurs, sous un ciel toujours humide et triste,
sur un sol toujours avare.

Détournant les yeux de ce tableau sanglant, qui charmait Coulak, lequel
n'était pas insensible, mais friand de toute pêche, en vrai neveu de
Lapons, Quinquin écoutait M. Ristigouche lui expliquer que les Færœr, entièrement baignées par les eaux du *Gulf-Stream*, seraient sans lui des séjours
d'horreur, et que pourtant sa chaleur, bien que très appréciable, n'y fait
croître qu'une herbe rare, permettant à peine d'élever des moutons, qui
pourvoient d'eux-mêmes, à l'état presque sauvage, à leur maigre nourriture.
Quant aux vaches, disait le professeur, on les engraisse, quand le fourrage
manque, et c'est fréquent, devinez avec quoi? avec du poisson! Et leur lait
n'en contracte aucun mauvais goût.

La terrible tuerie, pendant que parlait M. Ristigouche, avait pris fin. Le
rivage découvert par la marée descendante était couvert de corps sombres.
Il y avait là des dauphins de huit à neuf mètres de longueur. Des hommes, des
femmes, des enfants, tous débordant de joie, chantaient, dansaient au milieu
des cadavres. De l'endroit, très voisin de la côte, où la *Perle* reposait,
inclinée légèrement, on les voyait aller et venir, et l'on entendait leurs cris.

A la fin, certains d'entre eux, dont la fureur de satisfaction causée par
cette pêche inespérée, en cette saison, peu à peu se calmait, des vieillards
qui ne pouvaient qu'aider faiblement au dépècement général des victimes,
et qui flânaient d'un groupe à l'autre, aperçurent la *Perle* sur son rocher.

Un instant après, de nouveaux cris retentirent au bas des falaises, et le
mot *Grindehval*, répété par des voix nombreuses, arriva jusqu'à nos
voyageurs.

— *Grind....* de quoi? qu'est-ce qu'ils chantent là? demanda Quinquin.

— Je connais ce nom-là, moi, dit Coulak. Des baleiniers me l'ont appris.
C'est le nom des bêtes qu'ils ont tuées.

— Sans doute, et sans doute aussi ils nous l'appliquent, car ils étendent
les bras de notre côté, dit M. Ristigouche. Ils nous prennent pour...

— Pour un dauphin qu'ils ont oublié? C'est ça! Ils vont venir nous har-
ponner, peut-être?

— Mais je crois que oui. En voilà qui entrent dans l'eau et qui poussent un de leurs canots dans ce petit chenal, resté plein, malgré le retrait de la mer, et qui coule jusqu'à nous.

— Eh bien, alors, en avant la corne du tramway! Ah! ils se figurent que je suis un mammifère marin, moi, Quinquin de Dunkerque? Eh bien, ils vont voir que ce n'est pas de l'huile qui coule dans mes veines!

M. Ristigouche calma l'ardeur héroïque du jeune homme par les paroles suivantes :

— Ce sont de très braves gens, et qui tricotent dans leurs moments de loisir, comme vous et moi (non, je veux dire comme Coulak), et dès qu'ils reconnaîtront leur erreur, ils nous traiteront en frères. Le *Gulf-Stream* adoucit les températures et les mœurs, partout où il passe, avec sa traînée de chaleur et le bien-être qu'elle fait éclore, quelque mince que soit ce bien-être.

— Alors, tout va bien, Commodore! Mais c'est égal, ça me fait un drôle d'effet de me sentir sur un flotteur qui ne flotte plus.

— Nous en descendrons probablement tout à l'heure. Mais voici le canot qui s'approche. Saluons-le. Sans musique, cette fois, mes enfants!

CHAPITRE XV

AU CERCLE POLAIRE

C'était dans la Baie de Westmanshavn (*Port des gens de l'ouest*), sur la côte occidentale de Stromœ, la plus grande île des Fær œr, que la *Perle* avait atterri involontairement, et d'une façon si particulière.

Après avoir excité, bien entendu, la stupéfaction la plus vive chez les insulaires, tant par la vue de leurs bizarres petites personnes que par le récit de leur incroyable entreprise, récit écouté avec un intérêt qui balança même, chez leurs auditeurs, celui que leur inspirait leur pêche si fructueuse et tout à fait inattendue en la saison, nos voyageurs furent traités avec une cordialité touchante par les pêcheurs venus pour reconnaître l'étrange cétacé que pouvait bien être la *Perle*, et par la foule de leurs compatriotes qui ne tardèrent pas à venir les rejoindre.

On leur procura, en peu de temps, des vivres frais, des lièvres, de la brebis, et comme de nombreuses cascades tombaient du haut des rocs, M. Ristigouche put renouveler son eau douce, qui ne lui manquait pas encore, mais qui n'était plus guère potable, malgré son enveloppe de tôle.

De plus, comme le professeur ne voulait pas qu'on s'amollît dans les maigres délices de cette pauvre et sombre Capoue, et qu'il avait résolu de repartir à la marée prochaine, si cela lui était possible, les pêcheurs de Westmanshavn lui offrirent leurs bras pour faire glisser, au niveau du flot montant futur, la *Perle* sur le roc incliné où elle siégeait, à sec. Il fut convenu ensuite — offre précieuse que M. Ristigouche accepta avec empressement en se proposant de la rémunérer largement — que le Flotteur, flottant de nouveau, serait remorqué hors de la baie et conduit au large par un véritable attelage de yoles.

Mais les pêcheurs refusèrent de prendre quoi que ce fût, sauf un simple et réel pourboire, en nature (vrai cognac), pour ce remorquage amical.

Quelques heures plus tard donc, la *Perle* se balançait encore une fois dans les eaux du Courant, et M. Ristigouche, très ému, ainsi que ses deux amis, par les adieux affectueux et les souhaits de bon voyage de ces honnêtes Féringeois, ou Færœïens, — qui sont Norvégiens par leurs ancêtres et Danois par leur langage et leur nationalité présente, — se remettait à ses observations, prenant la température des eaux profondes, et, ensuite, faisant mouiller le guide aveugle pour quelques heures.

En dépit des émotions du départ, on soupa joyeusement. Quinquin était de cuisine, et il avait annoncé en servant des côtelettes de brebis bouillies aux câpres.

— *Mouton septentrional, non condensé!*

Le souper fut suivi d'une bonne causerie amusante et instructive, dont les *îles des Brebis*, c'est-à-dire les Færœr, furent le sujet.

Ces îles, disait le professeur, sont l'archipel de l'Atlantique boréal le plus complètement baigné par le courant d'eau tiède qui vient des régions tropicales, apportant des graines, des troncs d'arbres, et même, comme en 1817, un fragment de canot en acajou perforé par les pholades. C'est à l'est de ces îles que se fait seulement sentir, dans les parties superficielles de la mer, l'influence des courants d'eau glacée qui descendent du Pôle, et par langues, se glissent, s'insinuent à travers les nappes chaudes du *Gulf-Stream*. Peut-être n'existe-t-il pas, en dehors de la zone équatoriale, de parages marins où l'écart du chaud et du froid soit moins considérable. Dans l'air, la variation moyenne de l'été à l'hiver ne dépasse pas 7 degrés. En hiver, en janvier, tandis qu'il gèle sur maints rivages de la Méditerranée, la température atmosphérique des Færœr est d'environ 3 degrés. Quant à la température moyenne du flot qui vient de si loin battre ces îles, si elle ne s'élève en juillet qu'à 9 degrés environ, en revanche, l'hiver, elle n'y descend pas au-dessous de 7 degrés. La mer ne s'y solidifie jamais, bien entendu. Seulement, si ce n'est pas la chaleur qui manque aux Færœr, c'est la lumière qui lui fait défaut. Il pleut incessamment sous leur ciel bas et gris.

Coulak écoutait M. Ristigouche en silence, froidement selon son habitude, mais il tricotait une paire de bas pour le professeur. Il avait repris du goût pour le tricot, en voyant, autour de la *Perle*, dans la journée, un grand nombre de Færœïens, hommes et femmes, manier infatigablement les longues aiguilles d'os ou d'acier.

— Malheureusement, disait-il en réponse à une plaisanterie de Quinquin, malheureusement, mon petit pigeon d'or, je ne tricoterai qu'un bas à bord. Je ferai l'autre au Cap Nord. Car je dois ménager la laine qui nous reste. Il faut songer aux raccommodages.

— Très bien, dit M. Ristigouche, j'attendrai jusque-là, un pied chaussé et l'autre nu.

Trois semaines plus tard, ayant fait son *Point* de midi par un ciel assez pur et même ensoleillé, mais sous un vent des plus froids, quoiqu'on fût alors en juin, M. Ristigouche apprit à son équipage qu'on se trouvait au-dessus du parallèle 64, à la latitude de *Reykiavik*, le centre le plus peuplé de l'Islande, d'une part; et de l'autre, à la latitude d'Arkangel, berceau de M. Coulak.

Le neveu des Lapons fut très sensible à cette nouvelle. Il clignota des yeux et se les essuya avec le bas qu'il tricotait. C'est ainsi qu'il domptait ses émotions.

— Oui, mon bon garçon, et si vous suiviez, en allant à l'est, le parallèle sur lequel nous sommes — à partir de notre méridien d'aujourd'hui qui est 5° Ouest — jusqu'au méridien d'Arkangel, qui est 38° Est de Paris, vous arriveriez dans votre cher port. Il vous suffirait pour cela de franchir 43 degrés en longitude.

— Allons, Coulak, quelque peine que ça me fasse de nous séparer, dit Quinquin, en riant, mets-toi en route. 43 degrés ce n'est pas une affaire.

— Ce n'est *plus* une affaire très considérable, en effet, reprit M. Ristigouche, appuyant sur le *plus*. Car, je vous l'ai déjà dit, les degrés de longitude diminuent naturellement de grandeur, la terre étant ronde, à mesure qu'on se rapproche des Pôles. A partir du parallèle 40, où ces degrés n'ont

déjà plus que 20 lieues (au lieu de 25 qu'ils ont à l'Équateur), il faut, chaque
fois qu'on s'élève de 5 degrés vers le Nord, ou le Sud, retrancher deux lieues
au degré. Or, ici, les degrés de longitude n'ont plus que 10 lieues. Ce qui
fait que Coulak, partant d'ici, et marchant à l'Est pendant 43 degrés le long
du parallèle où est la *Perle*, n'aurait à faire que 430 lieues, tandis qu'à
l'Équateur il en aurait à faire 1075.

— C'est encore une trotte !

— Évidemment, d'autant plus que je vous parle de lieues marines et géo-
graphiques de 5 kilomètres et demi (5557).

Le 21 juin, jour du solstice d'été, jour où le soleil, dans notre hémisphère,
atteignant sa plus grande hauteur au-dessus de l'Équateur, s'est le plus
rapproché du pôle boréal, M. Ristigouche annonça à Quinquin et à Coulak
qu'ils avaient franchi la ligne conventionnelle appelée Cercle Polaire (66°,30')
et qu'on était entré dans la *Zone glaciale*.

— Ah ! nous ne l'avons franchi qu'aujourd'hui seulement votre Cercle ? dit
Quinquin. Mais gelé comme je le suis depuis des semaines, il y a longtemps
qu'il me semble y être entré, moi, dans votre Zone glaciale !

— Dame, nous étions sur sa frontière.

— Oui, et la Zone que nous quittons se nomme la *Zone tempérée*, je
crois ! Ah ! bien, merci du tempéré !

— *Béréguis !* (prends garde !) *Béréguis !* Quinquin ! tu te trahis. Toi
qui n'aimes pas la chaleur, tu devrais te réjouir !

— C'est vrai. Et je me réjouis aussi, seulement je me réjouis... à froid,
voilà tout. Je ne m'enflamme pas d'enthousiasme. Car ce diable de soleil qui,
depuis bien des jours déjà, se couche à des dix et des onze heures du soir, et
se lève avant le *patron-minet* lui-même, il n'en est pas plus égayant.
D'abord on le voit rarement. Et puis quand il brille si tard le soir, pas gros
du tout, et rouge comme un pain à cacheter dans la brume, teignant le ciel
en couleurs d'arc-en-ciel, il n'est pas plus chaud qu'un « feu de veuve »,
comme on dit.

— Oui, mais, Quinquin, pendant la journée, il pique encore convenable-
ment, pour un soleil du Nord ?

— Coulak lui rend justice au moins, ajouta M. Ristigouche. Et ce brave
soleil, qui ne grille pas assez M. Quinquin, répare le temps perdu aussi

vite qu'il peut dans les contrées polaires, *qui sont à présent tournées vers lui* — et qu'il éclaire enfin, après des mois d'absence, pour quelques mois seulement, mais des mois où il n'y a plus de nuit.

— Plus de nuit?

— Non, mon ami; vous le constaterez avant peu. D'ici au Cap Nord, nous n'aurons plus que des Crépuscules, très brefs, entre le jour..... et... le jour; puis plus de crépuscules du tout, et même avant d'arriver au Cap, nous verrons, à minuit, le soleil sur l'horizon.

— Et fera-t-il plus chaud?

— Hum?... non! Le soleil de minuit n'est guère plus torride... que la lune! — Mais s'il est bien tiède à minuit, en revanche, à midi, ce bel astre fait, en peu de temps, pousser à la vapeur tout ce qu'il peut faire pousser, voire les moustiques, si remarquables au dire de M. Coulak.

— Mais, monsieur, si la mer qui nous suit, en dessous, depuis Key-West est toujours tiède (ce que montre votre thermomètre), en dessus elle est bien peu réchauffante?

— Peu réchauffante encore. Mais le soleil va la réchauffer cet été, et l'eau, là-dessous, comme tu dis, sera plus froide, comparativement. Pour le moment, les premières glaces polaires qui ont commencé çà et là leur débâcle, et dont nous avons déjà rencontré les premiers *buttons*, qui sont ces plaques rondes flottantes, que vous savez, refroidissent considérablement les courants du nord. Ici, à la surface, ils ruissellent sur les eaux du *Gulf-Stream*, mais, plus au sud, dans les profondeurs ne pouvant les vaincre, ils passent dessous pour descendre jusqu'à l'Équateur, dont ils tempèrent les ardeurs.

CHAPITRE XVI

LA BANQUISE

La conversation sur le froid et les glaces en débâcle s'arrêta là, le jour où l'on franchit le *Cercle Polaire*.

Mais elle fut reprise le lendemain et les jours suivants, car on fut abordé par de nombreux « *Buttons* »; puis on vit flotter des « *icebergs* » (*monts de glace*) de taille respectable déjà, et, disait M. Ristigouche, en contemplant les collines d'un bleu limpide et si étrangement découpées, qui passaient au large de la *Perle*, ces *icebergs* ne sont encore que les éclaireurs des grandes glaces. L'État-major est plus loin derrière eux.

Mais le froid, causé par leur présence, était devenu intense.

Le professeur n'était pas sans éprouver de secrètes inquiétudes, en regardant filer, dodelinant parfois de la tête sur les flots d'un vert sombre, les hauts amas de glaces couleur de saphir et couronnés de neige. La dérive s'était accentuée dans le nord-ouest, vers l'Islande. Il n'en parlait pas à ses amis, bien qu'il les sût préparés à toutes les épreuves, à tous les retards, mais il ne voulait pas les alarmer avant d'être bien sûr de la déviation de la *Perle*.

Il fit jeter le Guide à plusieurs reprises.

On revint insensiblement au centre, et même à l'Est du Courant.

17

Mais les chocs, devenus très fréquents, des glaces flottantes, bien qu'on les
reçût *à la lance*, selon l'expression de Quinquin, qui les écartait avec son
harpon à mesure qu'elles se présentaient sur les flancs du Flotteur, firent
prévoir, ainsi que la pâleur croissante du ciel sombre au Nord, que des
agglomérations de larges glaces, qu'une banquise peut-être, en route de
bonne heure cette année, allait se présenter devant eux bientôt.

Elle se présenta par un très beau soir ensoleillé. Elle était immense et
barrait l'horizon lointain vers lequel s'en allaient nos amis.

Une banquise n'est pas un champ de glaces, d'un seul tenant, comme on
pourrait le croire, mais une réunion d'îlots de toutes dimensions, qui flottent
de conserve, se soudant çà et là, ou se désunissant en laissant des canaux
libres, entre eux. M. Ristigouche, fort alarmé néanmoins intérieurement,
annonça en riant à son équipage que le vrai moment de se montrer des
hommes trempés allait certainement arriver! Énergie et patience!

— Mouillons le Guide, d'abord, dit-il, et peut-être, notre dérive à l'Est
étant constante, aurons-nous la chance d'être entraînés par le Courant loin
de la banquise, avant qu'elle soit descendue au point où nous sommes.
Peut-être aussi, si nous la rencontrons sur ses frontières que fondent les
eaux du Courant, pourrons-nous passer sans trop de peine dans l'un de ses
chenaux. Mais, à la grâce de Dieu!

On veilla toute la nuit dans la *Chambre*. De temps en temps on montait
sur le Pont.

Dans la matinée, non sans joie, on put compter que la *Perle* ne ferait que
traverser les frontières Est du terrible archipel blanc et bleu, semé de hautes
collines aux formes infiniment variées et extraordinaires, qui se rapprochait
majestueusement.

Assuré de la solidité, de l'élasticité et de la légèreté de son flotteur, et
persuadé qu'au cas où il serait serré de trop près par les glaces, il ne serait
pas écrasé entre elles, mais soulevé, et porté sur leur dos, M. Ristigouche
vit donc, à midi, sans effroi, mais avec un certain serrement de cœur,
la *Merveille du Sud* s'engager, entre les *icebergs*, dans un canal où, comprimé, le courant filait rapidement.

— Si nous sommes enlevés, songeait-il, et si les glaces ne fondent pas rapidement sous nous, nous rétrograderons forcément avec la banquise. Mais

j'espère bien que nous ne redescendrons pas avec elle jusqu'aux Færœr!

Coulak, les yeux sur la banquise, travaillait de nouveau à sa dentelle au crochet. Quinquin rêvait. Il pensait qu'à cette époque avait lieu à Dunkerque la grande *Ducasse*, la *Kermesse* de la Saint-Jean, et que, dans les petits salons aux rideaux de cali-

cot blanc des baraques ins-
tallées sur la place, ses
camarades d'enfance man-
geaient certainement la
grande friandise populaire :
des pommes de terre frites
toutes chaudes!

La *Perle* à ce moment
entrait dans un vaste tunnel
transparent, d'architecture
merveilleusement fantas-
tique. Par prudence, et de
crainte que ses aides ne re-
çussent sur la tête quelques-
uns des pendentifs, véri-
tables stalactites de glace,
accrochés à la voûte sous
laquelle ils se trouvaient,
M. Ristigouche les fit descendre et descendit avec eux
dans la *Chambre*.

Ils y étaient installés depuis deux minutes à peine quand, sous la poussée et le poids de la voûte et des culées du tunnel énorme bâti par les caprices de l'eau gelée, les bords du chenal où flottait la *Perle* s'écartèrent peu à peu, graduellement, avec des craquements retentissants et des détonations, et la voûte s'affaissant avec lenteur combla le chenal.

La *Merveille du Sud* ne fut pas écrasée. Mais elle fut plongée et maintenue sous l'eau, debout, complètement, enfin ensevelie sous les débris du tunnel écroulé.

L'immersion s'opéra sans grands mouvements, et les voyageurs se rendirent compte du fait qui venait de se passer, en voyant les hublots s'obscurcir soudain, apportant la nuit dans la *Chambre*, tandis qu'un bouillonnement se faisait entendre, mêlé au bruit d'une grêle de fragments de glace frappant la coupole avant sa disparition sous les flots noirs.

— La lampe ! les prises d'air ! s'écria sur-le-champ M. Ristigouche.

On fit jaillir la lumière électrique, et jouer les doubles soupapes de sûreté du tuyau des Prises d'air pour les fermer hermétiquement.

— En cage ! s'écria Quinquin. Et c'est la mer qui a la clef !

— *Nitchevo!* murmura Coulak.

— Oui, nous avons été roulés par le steamer, à Terre-Neuve, et nous y avons résisté. C'est vrai. Mais ce qui vient de nous arriver est un peu plus grave, cependant...

— Vous croyez, *Commodore*? Bah ! on s'en tirera !...

— J'avais prévu que nous pourrions monter sur la banquise, mais être emprisonnés dessous n'entrait pas dans mes calculs.

— Et qu'est-ce que nous allons faire ?

— Attendre ! Attendre, en redescendant avec les murs et le plafond du cachot où nous sommes, qu'ils soient fondus dans les eaux tièdes du *Gulf-Stream*.

— En voilà une position sociale ! Et dire que les camarades se paient des beignets chez moi, pendant que je suis ici *enbanquisé*!

— *Pajal's Gospodine?* murmura Coulak.

— Eh bien, que me voulez-vous, mon brave garçon ?

— Et le Guide qui est à l'eau ! Pas moyen d'aller le retirer ?

— Oh ! il manœuvre à l'électricité, et d'ici je puis agir sur le treuil, mais, dans la purée de glaçons qui nous enveloppe, ce serait exposer son fil à être rompu deux fois plutôt qu'une, s'il ne l'est déjà, ce que je crains.

— Alors, que faire ?

— Attendre, et tâcher de faire passer le temps, en travaillant et en nous distrayant autant que possible. Déjeunons, d'abord.

— Je vais allumer le réchaud.

— Non, ce serait gaspiller notre air. Nous mangerons froid. La *Perle* est bien aérée pour le moment, mais... qui sait?... nous pouvons rester dans

LE TUNNEL DE LA BANQUISE.

notre cage, comme dit Quinquin, pendant pas mal de jours! Soyons éco-
nomes d'oxygène.

On déjeuna tranquillement.

La journée et la nuit s'écoulèrent sans qu'aucun changement appréciable
se produisît dans la situation périlleuse du Flotteur.

Et la journée du lendemain se passa de même.

Mais à la nuit, l'air épais, corrompu et très chaud de la Chambre oppres-
sait déjà les poumons des malheureux explorateurs du Courant.

La nuit fut très pénible pour eux, excessivement pénible.

Au réveil, le pauvre Quinquin, très rouge, déclara qu'il se sentait haletant
comme s'il avait *pincé* cinq contredanses de suite à la *Ducasse*. Il n'avait
pas faim et demandait à boire.

M. Ristigouche, pâle, songeait profondément.

Coulak mastiquait, mastiquait une *crêpe en bois*, et soufflait à chaque
effort, d'un air exténué.

La position devenait effrayante.

— Nous allons être asphyxiés, pensait le professeur. L'air va nous manquer bientôt, et de plus l'acide carbonique qu'exhalent nos poumons va nous empoisonner.

— Mais j'étouffe, Commodore ! j'étouffe ! Je vous assure que j'étouffe.

— Ça ne va pas, moi, *Batouchka !*... pas beaucoup, vraiment.

— Ah ! les pauvres garçons ! soupirait M. Ristigouche, étendu sur le divan, et c'est moi qui suis leur meurtrier. Qu'importe que je meure, moi ! Je n'arriverai pas au Cap, voilà tout. Mais ces braves innocents, que j'ai entraînés avec moi ! Oh ! quelle malédiction ! Et que faire ?

— De l'air, patron, je vous en prie ? Je me sens très mal, monsieur.

— De l'air ! leur faire de l'air ! Il est bien tard, et je ne puis plus tenir debout, se disait tout bas M. Ristigouche, mais voyons, vite, je vais essayer de leur donner au moins de l'oxygène, en décomposant de l'eau par l'électricité. Mais non, ce serait les tuer plus vite et d'une autre façon ! Il faudrait pouvoir tempérer cet oxygène par de l'azote, et j'aurais de l'air respirable, le salut, la vie ! mais, ajouta l'infortuné professeur, qui sentait le délire le prendre, où, sans appareil, avoir de l'azote !! Le grand Biot dit que la vessie natatoire des poissons de surface est remplie d'azote presque pur. Mais, enchaînés, condamnés que nous sommes ici, c'est un rêve de fou que de songer à prendre, dans cette eau qui nous entoure, et qui en est pleine, un de ces poissons pleins d'azote ! Oh ! mon Dieu ! Je ne trouve rien ! Et là-haut, la tourelle est pleine d'eau, c'est évident...

Pendant que le citoyen de Mobile, presque râlant, se torturait ainsi en des songeries vaines où flottaient des bribes de souvenirs d'études, les doublures de la *Perle* grondaient incessamment, comme rudement frottées.

— Elle marche ! elle marche ! cria le professeur. Elle a recommencé à se mouvoir sous les glaces, et le guide l'emporte ! Elle se penche. Le plancher oscille. Entendez-vous, camarades ? La cage heurte à chaque instant l'horrible plafond sous lequel nous étouffons. Oh ! un peu de répit ! Elle marche ! De l'air ! faire de l'air ! Où trouver de l'air pur !

CHAPITRE XVII

L'OURS DOUBLE

— De l'air! un peu d'air pour ces pauvres enfants! pleurait M. Risti-gouche, en se tordant les mains. Un peu d'air!

Un gémissement de Quinquin répondit à ses cris de désespoir, à ses larmes de rage.

— *Bârine,* dit tout d'un coup Coulak d'une voix éteinte, nous mourons donc parce qu'il n'y a plus d'air dans la Chambre?

— Hélas! oui. Nous l'avons absorbé! Oh! mes amis, mes victimes, par-donnez-moi avant que je vous quitte!...

— Mais, *Bârine,* reprit Coulak, mais l'air qu'on a mis dans les matelas à Key-Vest, on ne peut donc pas le prendre?... Ça me vient à l'idée!

Sans répondre un mot, le professeur mourant bondit sur ses pieds, gal-vanisé. O bonheur! Il n'y avait pas songé un seul instant à cet air interné, comprimé, dans les matelas de caoutchouc, depuis des mois, et qui était pur. Il l'avait oublié, lui, le savant, et un enfant ignorant y avait pensé pour lui!

Sans prendre le temps de dévisser la fermeture d'un des matelas, il le troua d'un coup de couteau, et approcha l'outre vitale des lèvres du petit Russe. Il lui insuffla des gorgées d'air dans la bouche, en étreignant le matelas sous ses mains tremblantes.

18

Puis il saisit un autre matelas, et en fit aspirer le contenu bienfaisant à Quinquin, qui semblait expirant.

Alors, tombant épuisé, et ne pouvant ouvrir pour lui-même un troisième matelas, il le mordit, en déchira un coin avec ses dents, et il respira enfin!

La vie leur revenait, leurs poumons jouaient de nouveau, mais ils restaient tous étendus, incapables de se mouvoir, buvant l'air avec béatitude, avec ivresse, quand la *Perle* sembla faire un bond. Une vague lueur descendit ensuite à la hauteur des hublots, bien que ceux-ci fussent toujours visiblement immergés.

— Amis! s'écria M. Ristigouche, la *Perle* vient certainement de s'élever sous l'eau. Peut-être un trou, un espace libre entre les glaces, s'est-il rencontré, et la cage y a donné immédiatement de la tête. Peut-être émerge-t-elle même? Je vais aller voir...

Mais Quinquin, se levant, l'en empêcha.

— Non, patron! Restez là. C'est moi qui vais essayer de lever l'*obturateur*. Vous ne pouvez pas vous tenir debout. J'irai avec prudence, *Commodore*. D'abord je ne suis pas assez fort pour faire le malin ce matin.

Il escalada péniblement l'échelle, et manœuvra l'obturateur, qui se leva peu à peu sans laisser entrer le torrent d'eau auquel Quinquin s'attendait. La tourelle était ruisselante à l'intérieur, mais évacuée par l'eau qui avait pu y pénétrer. Le Dunkerquois, respirant à l'aise alors, tout à fait, regarda par les petites ouvertures vitrées de la tourelle et aperçut des glaces à perte de vue, que dominait la Cage à sec.

Plein de joie, il ouvrit toute grande la porte de la tourelle, releva l'obturateur, et cria dans la chambre :

— Nous sommes sauvés! Vive la Russie! et la France! et l'Amérique!

— Où sommes-nous, mon cher Quinquin? dit M. Ristigouche. Je ne puis me mouvoir encore.

— Nous sommes au fond d'un vrai puits; mais si la coupole, vu sa largeur, ne peut encore en sortir, du moins la Cage, elle, est à la hauteur de la margelle, et je vois d'ici la campagne! Elle n'est pas jolie, *Commodore*! Elle ressemble, avec ses bosses et ses creux, à une jatte d'œufs à la neige, qui ne doivent pas être bien sucrés, allez! — mais, du bon air, ça vaut mieux que le sucre. Ouvrez les soupapes en bas, patron, sans vous commander.

Moi, je laisse l'obturateur levé. Il n'y a plus de danger à craindre. — Ah! mon vieux Dunkerque, tu n'auras pas à déplorer encore la perte de ton enfant chéri!

Mais la gaîté de Quinquin n'était que la suite de sa surexcitation nerveuse, car lorsque ses amis montèrent à leur tour sur le pont, il se jeta dans leurs bras, en pleurant, et tous les trois se mirent à sangloter.

Cette effervescence bien naturelle se calma enfin.

M. Ristigouche redevenu lui-même, et voyant sains et saufs de nouveau les jeunes gens dont la vie en danger avait seule causé sa faiblesse, examina leur position actuelle avec son sang-froid ordinaire.

Ils étaient au fond d'un puits étroit, comme avait bien dit Quinquin, entre des glaçons énormes. Mais les bords de l'orifice de ce puits, au niveau du sommet de la coupole, n'étaient pas très éloignés de la Cage. Avec le harpon, en faisant doucement s'incliner la *Perle*, on amena facilement le Balcon à accoster la margelle du puits.

Quinquin sauta le premier à terre, à glace plutôt, et à l'aide d'une solide amarre que lui jeta M. Ristigouche, il ancra à demeure, à un bloc gelé, le flotteur emprisonné, dont la cage émergeait seule, comme émerge la tête d'un homme enseveli jusqu'aux épaules.

Quinquin fut bientôt rejoint par ses compagnons sur la glace ferme.

Après avoir jeté un long coup d'œil circulaire sur la banquise M. Ristigouche constata qu'on se trouvait à peu de distance de sa frontière non seulement Est, mais Nord-Est, et il fit cette constatation à l'aide du soleil couchant, magnifique, à minuit, ce soir-là, et qui lui fournit le plus somptueux des points de repère.

— Mes amis, dit-il à son équipage, nous sommes sauvés, mais toujours prisonniers; il s'agit de sortir d'ici au plus vite, et de gagner la mer qui lance là-bas, pas bien loin, heureusement, ses écumes de pourpre et d'or. Je vais tenter pour cela d'user d'un moyen extrême, pour lequel je n'ai pas besoin de votre concours, vu son péril. Mais, entre tant de maux, il faut choisir le moindre! Laissez-moi y travailler seul. — Allez vous baigner d'air, follement, en vous promenant sur la banquise, du côté de ces collines là-bas. Munissez-vous d'ailleurs dans la *Chambre*, de deux fusils. Ils ne sont pas bien gros, mais ils ont des qualités de justesse.

Armés bientôt de deux fusils lilliputiens, les deux jeunes garçons prirent congé du Commodore, et s'éloignèrent à l'aventure sur les glaces.

Après leur départ le professeur alla chercher dans un coin secret et sûr du *magasin*, un certain nombre de cartouches de dynamite, dont il avait soigneusement caché l'existence à son équipage.

Il alla ensuite forer des trous de mine dans la glace, entre le puits et la *Perle* captive et la frontière de la banquise.

En revenant au Flotteur, il eut le regret de voir, ce dont il ne s'était pas encore occupé, que le fil du guide était brisé.

Pendant qu'il travaillait à relier entre elles, par un fil de cuivre mis en communication avec la machine électrique, les charges de dynamite espacées dans la glace, Quinquin et Coulak marchaient à la découverte, le fusil sous le bras, car ils n'espéraient guère trouver un gibier mangeable dans ce blanc désert à la surface bouleversée.

Quant à un gibier d'un genre féroce et de capture périlleuse, ils n'y songeaient nullement.

Aussi grande fut leur surprise, et légitime l'effroi qui ensuite les saisit, quoiqu'ils fussent de braves garçons, quand au détour d'une colline hérissée de girandoles et de pendeloques de cristal glacé, ils aperçurent dans une espèce de grotte, un animal féroce entre tous, un ours blanc.

— Un ours! *Béréguis!* murmura Coulak, s'arrêtant subitement.

— Un ours, oui. — Apprêtez armes! — dit Quinquin à voix basse, armant son fusil. Mais qu'est-ce que tu dis donc, Coulak? reprit-il sur le même ton, un ours, c'est déjà joli... à faire peur; mais il n'y en a pas qu'un, il y en a deux!

— Deux ours? O Saint Nicolas! protégez Oleg Sagène Coulak!

Quinquin ajouta :

— Ils marchent côte à côte, c'est le monsieur et sa dame, mon ami! Oh! que j'aimerais mieux être à Dunkerque, à l'hôtel du *Chapeau-Rouge!*

— *Nitchevo!* répliqua Coulak. Ils ne m'empêcheront pas de finir ma « *garniture* ». En joue, Quinquin, et visons bien, au défaut de l'épaule. Chacun notre ours! Je prends le premier.

Les deux coups de feu, bien ajustés, retentirent ensemble, sans éveiller d'échos, dans cet air muet.

L'OURS DOUBLE.

Mais un fracas singulier répondit aux coups des fusils.

— Pardine, fit Quinquin, voyant les deux ours s'abattre lentement, c'est bien drôle, je jurerais que je viens d'entendre un bruit qui ressemble beaucoup à celui de la devanture d'une boutique dont on casserait les carreaux à coups de pierre !

— Et moi aussi, dit Coulak. Mais les ours ont leur compte. Allons voir ça.

Ils s'approchèrent prudemment de la grotte mystérieuse, scintillante aux rayons *d'aurore* que le soleil versait alors sur la banquise.

— Mais il n'y a qu'un ours ! cria bientôt Quinquin. Car l'autre n'a pas pu se sauver par derrière. La grotte n'a pas de porte.....

— Oui, il n'y a qu'un ours, et il est mort depuis très longtemps, dit Coulak. Il est glacé, bien glacé celui-ci ! En voilà une farce !

— Et, reprit Quinquin, ramassant çà et là, des éclats d'un cristal trans-

parent, qui n'était pas de la glace, regarde-moi ça un peu, Coulak? Ça vient
de la grotte! Mais alors, cet ours double, qui est seul, il était donc sous
verre, dans sa boîte!

Cette découverte fit rire aux éclats les deux petits matelots.

Le son de la *corne* du Flotteur, au loin, les arrêta dans la série de
réflexions plaisantes qu'ils échangeaient à l'endroit de leur victoire sur leur
ours dédoublé, parfaitement mort, et enfermé dans une si surprenante tan-
nière de cristal.

Revenus en toute hâte auprès de M. Ristigouche, ils lui racontèrent leur
aventure, et comment la nature avait créé une véritable armoire de musée,
vitrée, pour y conserver un vieil ours mort, un ours blanc, lequel d'ailleurs,
ajoutaient-ils, était jaune, et, de plus double, quand ils l'avaient ajusté.

En même temps, ils montraient au professeur les fragments du cristal
derrière lequel ils avaient vu, double, leur ours extraordinaire.

— En effet, vous l'avez bien vu double, dit M. Ristigouche, après avoir
examiné ses doigts à travers le cristal. Et je vais vous expliquer pourquoi.
L'animal après s'être aventuré sur un glaçon flottant, pour un petit voyage,
ainsi que ses farouches confrères le font souvent, se sera réfugié, une fois
en pleine mer, et mourant, dans une grotte formée artificiellement par la
neige et la glace, grotte vitrée par hasard d'un magnifique morceau de ce
minéral que vous me montrez, lequel, évidemment, provient de la côte orientale d'Islande, où il est assez abondant. Ce cristal est du *Spath*. Et il a la pro-
priété de *réfracter* doublement, de briser deux fois, en un mot, les rayons
lumineux qui le traversent. Les beaux échantillons de *Spath d'Islande* sont
rares, et, faisant la joie des collectionneurs, ils sont fort utiles, précisément
à cause de leur double réfraction, pour certaines expériences de physique
dont je vous parlerai en temps moins précieux. Mais ne songeons plus à
l'ours dont vous avez vu l'image doublée par la double réfraction, et rentrons
dans la *Perle* sur-le-champ.

Les jeunes gens ne se le firent pas répéter, quoiqu'ils fussent fort étonnés
et fort égayés d'avoir vu double, comme des ivrognes, un ours qui était tout
seul dans son tombeau inattendu.

Descendus dans la *Chambre*, qui fut hermétiquement close encore une
fois (mais on avait les matelas réparés et gonflés de nouveau en cas de néces-

sité), les deux chasseurs d'ours mort virent M. Ristigouche, muet et sérieux, presser un des boutons de la machine électrique.

Un craquement mugissant, suivi du tumulte que produirait sur la glace une averse de grêle soudaine, ébranla les airs, au dehors, et la *Perle* donna violemment de sa cage contre les murailles du puits, murailles qu'à leur énorme stupéfaction, ils virent, à travers les hublots, se fendre en dix endroits, s'écarter, se disperser.

La *Perle*, sur l'eau frémissante, bondissait comme un oiseau épouvanté.

Quinquin et Coulak roulèrent ensemble au bas du divan.

Pendant qu'ils se relevaient, non blessés mais prodigieusement étonnés, M. Ristigouche grimpait à l'échelle, et s'élançait sur le pont.

— Montez! leur cria-t-il. La banquise est disloquée! Vingt larges chenaux se sont ouverts au Nord! La mer libre est devant nous, mes enfants!

CHAPITRE XVIII

HARPON MODERNE

Le 18 juillet, errante depuis des semaines au milieu des brumes persistantes qui accompagnent le Courant américain et ses prolongements dans les mers boréales, la *Perle* flottait, d'après le *loch*, avec une vitesse nouvelle. Mais à quels degrés de latitude et de longitude? c'est ce que M. Ristigouche n'aurait pu dire qu'avec de vagues approximations.

On était bien dans la bonne route, il le savait, et le vent d'ouest soufflait avec force, il le constatait; mais voilà tout.

En attendant une éclaircie, car il aurait donné vingt aurores boréales pour un peu de soleil ou de lune, il consultait sans cesse les cartes et cherchait à deviner au pied de quelle forteresse naturelle des îles et des côtes de la Norvège septentrionale, son flotteur, lancé par la houle du large, allait, un jour ou l'autre et bientôt sans doute, s'aplatir ou s'éventrer malgré son élasticité.

La *Perle* était en bon état. Après avoir quitté la banquise, on avait réparé, redressé ce qui avait été endommagé ou faussé dans la charpente intérieure par la commotion, lors du percement violent des glaces.

La provision de *sulfure de calcium* ayant été épuisée par les badigeonnages réitérés de la coupole, Quinquin et Coulak l'avaient, en dernier lieu, repeinte, de blanche éclatante qu'elle était, en noir épais.

— Elle porte le deuil du Guide aveugle, disait Quinquin.

— Oui, car nous sondons à la ficelle maintenant.

Le 18 juillet, Coulak et Quinquin causaient sur le pont. Quinquin frisait sa barbe qu'il avait laissé pousser, et Coulak sautait à la corde, pour se donner de l'exercice, autour de la tourelle.

— Je n'ai pas revu mon Coco! Pauvre Coco! soupirait Quinquin.

— Mais moi, reprenait Coulak, écoute, mon petit-oncle, j'ai une bonne nouvelle à t'apprendre. Le moustique est revenu. Il demeure sous le plancher de la *Chambre*, j'en suis sûr. Je l'ai entendu hier, comme je veillais pour achever mon centième mètre de dentelle.

— Il en est bien capable. Ah! le monstre! Heureusement, nous allons bientôt arriver au Cap Nord. Le *Commodore* dit que nous ne pouvons en être bien loin. Ainsi, qu'il vive ou qu'il meure, il n'a plus beaucoup de temps à me poignarder, ce maringouin des Antilles!

— Et moi, je vais enfin être dilaté, décondensé. Tu verras, quand je ne serai plus si petit, comme j'aurai grandi pendant le voyage!

— Oui, neveu des Lapons, tu seras un vrai colosse.

La voix de M. Ristigouche, qui était de cuisine, se fit entendre dans la tourelle.

— Aux *Extraits*, camarades, aux *Extraits*! Et je vous ai préparé une surprise, un joli dessert : une petite *pieuvre* à l'huile, que j'ai harponnée ce matin, près du bord, pendant que vous dormiez. Suis-je gentil, hein!

— Oh! quel bonheur, Bârine!

— Et une *Crêpe en bois* sautée dans nos dernières gouttes de lait condensé.

— Balthazar, alors!

Sans plus tarder, ils dégringolèrent dans la Chambre.

On se mit à table. Ce fut un déjeuner exquis. Il fut court, par exemple.

La crêpe au lait fut sortie, toute chaude, de la marmite. On la découpa.

Quinquin et ses amis dégustaient leur portion, quand le plancher bascula brusquement et la *Perle* se coucha sur l'eau, atteinte dans sa cage comme par un de ces rocs que les amis du Cyclope Polyphème lançaient aux compagnons d'Ulysse sur leur navire.

En même temps, une détonation violente ébranlait l'air, accompagnée d'un fracas cristallin.

Puis la *Perle* se releva, frissonnant de toute sa membrure, en silence.

— Cette fois, c'est un aérolithe qui vient de tomber sur le fanal, mes enfants !

et il l'a brisé en démolissant sans doute les barreaux de la cage, s'écria M. Ristigouche, lorsqu'il fut assez remis de son émotion subite pour parler de nouveau.

Quinquin, tombé sur le dos, sa crêpe à la main, se mit sur son séant, souffla, et dit enfin :

— Je vous demande pardon, *Commodore*, je ramassais ma serviette !

Encore un aérolithe, un bolide, dites-vous? Il n'est pas tombé sur le pont, heureusement, mais c'est un hasard extraordinaire. Qu'est-ce que tu en penses, Coulak?

Coulak, projeté contre les hublots par la secousse, regardait la mer, tranquillement, le nez sur les lentilles de cristal.

— Je me suis aplati le nez et je ne l'avais pas déjà si aquilin, répondit-il. Mais je vous assure, monsieur Ristigouche, que je viens d'entrevoir, entre deux lames, tout là-bas, la mâture d'un navire.

— Un navire! Alors, en haut, tout le monde! Au fait, non, mes enfants, j'y monterai seul.

— Mais, patron, s'il y a du danger?...

— Justement! Je suis votre chef. Restez là.

— Entendu, *Commodore*!

M. Ristigouche monta sur le pont. Il constata, à première vue, de graves dégâts dans la cage. Mais ce n'était pas un aérolithe qui les avait causés. C'était un projectile envoyé par un navire, le navire signalé par Coulak, que le professeur apercevait parfaitement. Il ne restait pas trace du projectile éclaté, mais les trois crocs affreux d'un harpon moderne à pêcher la baleine, tout grands ouverts, avaient empoigné et tenaient comme les doigts crispés d'un géant, deux des barreaux tordus de la Cage à son sommet. Cette épouvantable griffe était reliée par une ligne immense, au navire inconnu, un baleinier évidemment, qui avait pris la noire coupole de la *Perle* pour le dos d'un cétacé respirant à fleur d'eau.

— Ohé, garçons, en haut! cria le professeur. La hache!

Puis se ravisant :

— Non, pas de hache! Ils seraient capables, après avoir halé leur câble coupé, de croire qu'ils ont fait chou blanc, et de nous envoyer, sans plus attendre, un second harpon à obus! Laissons-les faire! Ils s'attendent à nous voir plonger et à être entraînés à notre remorque, patience! Ils doivent déjà comprendre cependant qu'une baleine qui ne plonge pas et qui ne leur fait pas filer du câble, n'est pas une baleine.

Les passagers de la *Perle*, regardant de tous leurs yeux le navire qui avait failli les couler, navire qui était bien en effet un baleinier, et un baleinier à vapeur, attendirent que les gens qui le montaient se décidassent, devant l'immobilité étonnante d'une proie attaquée ainsi, à haler sur leur ligne, afin de voir de quoi il retournait.

L'attente fut courte. Car à bord du baleinier on avait été promptement convaincu qu'une erreur sur la nature du but avait été commise. Seulement on s'y demandait ce qu'était la chose qu'on avait visée et atteinte.

— Ils viennent à nous, dit M. Ristigouche; la fumée sort de la cheminée de leur machine.

Le navire les rejoignit promptement.

Mais avant qu'il fût à portée de voix, Quinquin et Coulak, furieux, avaient hissé les pavillons, et sonnaient de la corne follement.

— Ohé! du navire, cria M. Ristigouche, en norvégien, à tout hasard. Est-ce que vous allez nous défoncer après avoir manqué de nous embrocher! Stop!

— Par Olaf le Grand! répondit, du milieu d'un groupe de personnes qui se tenaient sur la dunette, un homme extrêmement barbu qui semblait le commandant du baleinier, qu'est-ce que vous faites ici, à gêner le monde!

— Comment! « A gêner le monde? » s'écria M. Ristigouche. Elle est un peu forte, cette plaisanterie-là, Monsieur le Baleinier!

— Enfin, qui êtes-vous, voyons? interrogea de nouveau le baleinier barbu.

— La *Perle du Sud*, de Mobile, capitaine Ristigouche, en charge pour le Cap Nord! hurla Quinquin, au comble de l'exaspération.

— Le Cap Nord? Mais, cher monsieur, répondit en riant le baleinier en s'adressant à M. Ristigouche, mais vous lui tournez le dos. Vous l'avez doublé, le Cap Nord! Il est là-bas, dans le sud-ouest.

— Dans le sud-ouest! Où suis-je donc?

— Par le travers du *Nord-Kyn*, à onze milles de la côte.

M. Ristigouche, sous le coup de la surprise, fit entendre un long sifflement, puis il ajouta à l'adresse du marin étranger :

— En êtes-vous bien sûr?

— Aussi sûr que vous me devez un harpon, dit le baleinier.

Le professeur avait, sans s'en douter, fait plus que d'atteindre, il avait doublé le Cap vers lequel il flottait avec tant d'opiniâtreté depuis l'Amérique. Il l'avait dépassé même de plusieurs degrés, en longitude, et il se trouvait devant ce promontoire norvégien qui est, plus bas que le Cap Nord, dressé dans son île Magerö (nous l'appelons l'île Maigre), son frère jumeau continental.

Ces deux caps, frères et voisins, formidables murailles de granit et de basalte, sont de la hauteur de la tour du Champ de Mars.

La *Perle* flottait enfin, à 20 kilomètres de la pointe extrême du Finmark, en face du pays des *oncles* de Coulak!

Et cela après avoir fait, en 143 jours de mer (dont 4 sous l'eau, aurait dit Quinquin), au moins dix mille kilomètres, d'après *l'estime* au loch.

CHAPITRE XIX

HAMMERFEST

Aussi abasourdi que satisfait d'apprendre cette nouvelle inattendue, M. Ristigouche garda quelques instants le silence, puis il dit à ses compagnons :

— Ce malfaiteur peut ne pas mentir! Le *Gulf-Stream* contourne en effet le Cap Nord, et se répand, s'étale ensuite, de plus en plus refroidi, dans l'Océan glacial, où il se perd et s'éteint près de la Nouvelle-Zemble. Il nous y eût menés, sans doute, sans ce baleinier malencontreux; car nous sommes en été, et la mer y est libre de glaces. Ma foi, puisque nous sommes en train et que nous flottons encore, nous pourrions peut-être...

Mais le tenace Citoyen de Mobile ne put continuer sa dissertation, car un canot, détaché du navire, et portant son capitaine en personne, accosta la *Perle*, ce qui interrompit le discours du professeur, lequel fut interpellé de l'étonnante manière qui suit :

— Monsieur Ristigouche, dit impétueusement le baleinier, c'est entendu. Allons, n'en parlons plus! J'ai eu tort. Je l'avoue. Je vous fais mes excuses. Là! Êtes-vous content? C'est fait. Rendez-moi mon harpon, s'il vous plaît?

20

— Vous me connaissez donc, monsieur? demanda le professeur, surpris.

— Moi? Pas plus que votre Président! Mais il y a sur mon navire, depuis Hammerfest, parmi mes passagers (un tas de *terriens*, des touristes venus de tous les points du globe à Bergen pour se rendre au Cap Nord et y voir le soleil de minuit!), il y a, sur mon navire, deux dames qui prétendent vous connaître! Mes compliments, monsieur! L'une de ces dames, une jeune fille, s'est trouvée mal quand, après avoir montré à ces *terriens*, ce que c'est qu'un joli harpon moderne, perfectionné et *patented*, j'ai dit tout haut devant elle que je croyais bien (ce qui est humiliant pour moi, monsieur!) avoir tiré, non sur une baleine, mais sur une machine flottante...

— Ah! ah! Ne soyez pas si pressé de tirer le canon une autre fois, monsieur le pêcheur de cétacés! J'admets, à la rigueur, que ma coupole, peinte à présent en noir, ait pu vous tromper à première vue. Mais on réfléchit!...

— Eh! mon cher ami, il n'y a qu'un moment pour viser la bête! C'est quand elle vient respirer. Pourquoi vous êtes-vous trouvé là, vous, aussi?

— Demandez au *Gulf-Stream*!

— Vous dites? Ah! oui, j'y suis! La jeune fille m'a raconté tout ce qui vous concerne, quand elle est sortie de sa pâmoison. Elle vous a rencontré, il y a des mois, avant son voyage en Europe, sur les côtes de la Floride, à ce qu'il paraît?...

— Une demoiselle de Boston?

— Je ne sais pas! Mais elle vous connaît et c'est uniquement pour lui faire plaisir que je viens vous voir...

— Et chercher votre harpon *patented*?

— Un peu aussi pour ça, c'est juste. Mais j'ai une proposition à vous faire. Je ramène mes passagers à Hammerfest. Ils se sont assez promenés comme cela. Voulez-vous, puisque je vous ai fait des avaries...

— Les plus graves!

— Voulez-vous que je vous remorque, en douceur, à Hammerfest? A quoi bon continuer votre voyage? Il est accompli. Vous avez flotté si bien jusqu'au Cap Nord, que vous l'avez dépassé. Allons, laissez-vous faire? Vous viendrez à mon bord, avec tout le monde. Ça fera plaisir à ces dames, et à moi aussi, là, êtes-vous content, l'Américain?

— C'est entendu.

— Eh bien, le transbordement aura lieu dans un instant. Faites vos paquets.

. . . .

L'effet de l'arrivée des trois nains de la *Perle* sur l'*Olaf*, le baleinier en question, fut prodigieux. Un Américain de l'Ohio, un touriste, qui se trouvait à bord, apprenant qu'un de ses compatriotes avait victorieusement traversé l'Atlantique, de *Key-West* au *Cap Nord*, dans une bouteille, vint démancher à moitié le bras de M. Ristigouche, en lui secouant la main, dans l'ardeur de son enthousiasme ; puis, il se promena sur le pont, en tirant vingt-quatre coups de revolver, et en hurlant, après quoi il but un « léger » *refreshment*.

M. Ristigouche ne put, pour le moment, être présenté aux dames, les dames Sullivan (comme le pense bien le lecteur), miss Maude et sa mère, lesquelles, après lui avoir souhaité bon voyage, au début de son entreprise, avaient bien failli, en suppliant le baleinier d'essayer devant elles son harpon moderne à obus, faire trouver la mort au professeur, au bout de sa route.

Ces dames, malades d'émotion, restèrent dans leurs cabines pendant les trois jours que dura le retour à Hammerfest.

Et c'est seulement à Hammerfest, infime petit port, toujours libre de glaces, en toute saison, grâce au *Gulf-Stream*, et qui est la ville la plus septentrionale de l'Europe, que le professeur fut admis à voir ces dames et à leur présenter ses braves compagnons. Mais alors tous trois, *décondensés*, se montraient d'aspect aussi jeune et aussi agréable que six mois auparavant, à la Nouvelle-Orléans.

— C'est égal, disait Quinquin, ça me gêne un peu d'être grand. J'en avais perdu l'habitude.

Coulak lui répondait :

— Ce sont tes habits neufs et achetés tout faits ici qui te gênent, mon pigeon bleu !

— Avec ça qu'ils sont à la mode d'il y a trente ans, au moins, et bâtis pour des matelots qui ne sont pas difficiles. Mais qu'est-ce qu'on dirait à Dunkerque, dans la rue des Capucins, le dimanche, si on me voyait ainsi vêtu, moi, Jean-Joseph-Baptiste-Mellon Cambreleng, dit Quinquin !

— On t'y verra pourtant, et bientôt, et fait comme tu l'es, et avec moi encore, *petit-père* !

— Bah!

— Oui. J'ai réfléchi. Je n'irai pas à Arkangel, cette année encore. D'ailleurs, nous avons été presque sur la frontière de la Russie, avec la *Perle*, et j'ai vu mon pays... de loin. J'ai senti le Lapon russe dans l'air, au *Nord-Kyn*, ça me suffit. Ma mère vit heureuse, grâce à la générosité de M. Risti-gouche. Alors je m'en reviens avec vous à Bergen, et de Bergen à Dunkerque, où le *Commodore* veut te trouver quelque chose de bon, à ce qu'il dit, un emploi superbe!... Puis il retournera à Mobile, le *Commodore*.

— Ah! oui, le *Commodore*! Il nous abandonne un peu, le *Commodore*, depuis quelques jours. Il est toujours à se promener avec les dames Sullivan, en attendant le départ. Je crois qu'il finira par devenir le mari de Miss Maude.

— *Nitchevo!* Il faut bien qu'il renouvelle connaissance avec ces dames, puisqu'il les ramène avec lui, et avec nous à Dunkerque...

— Vraiment! Eh bien, moi, je ne liens pas me marier encore, mon petit neveu des Lapons, mais sais-tu qui va m'accompagner, moi, à Dunkerque avec tout le monde?

— Le moustique?

— Eh! non, *Dourak!* C'est le petit *Coco*, Coulak, le petit *Coco* de mon cœur!

— Tu as donc retrouvé le Coco? C'est bien extraordinaire! Où l'as-tu rencontré?

— Sur le bord de la mer, à deux cents mètres d'ici. Il avait toujours son ruban. Il causait avec un « Haricot des Antilles » amené aussi là par le *Gulf-Stream*.

— Pas possible!

— Parfaitement. Je l'ai porté dans la *Perle*. Il est dans du coton, bien au chaud, et comme la *Perle*, démontée en partie, nous suit sur le *Prince-Gustave*, le vapeur qui nous embarque demain, le Coco fidèle finira sa carrière à Dunkerque, chez maman!

— Oui. Oh! *Batouchka!*

— J'ai retrouvé mon Coco, mon bonheur est complet!

— Et le mien aussi. Miss Maude m'a acheté ma dentelle au crochet! — Mais je vais en recommencer une autre...

.   .   .   .

P.-S. — Prévenu d'Hammerfest, par télégramme, que M. Ristigouche était arrivé, vivant, au Cap Nord, M. le capitaine Sagou (de Savannah, Georgie, États-Unis) a *câblé* au professeur qu'il lui présentait ses compliments, en attendant qu'il pût lui serrer la main à son retour en Amérique, et qu'il tenait les 100 dollars à sa disposition, avec infiniment de plaisir.

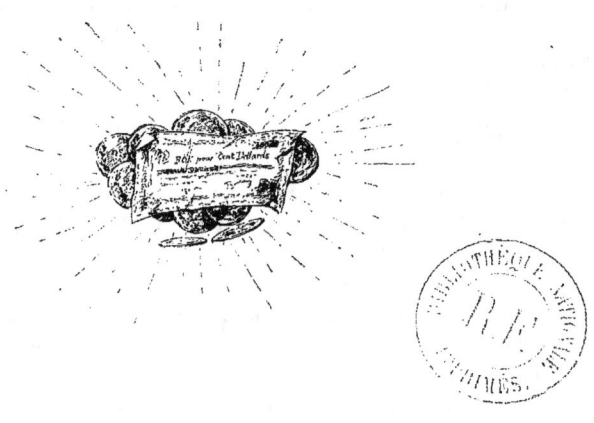

TABLE DES MATIÈRES

Coulommiers. — Imp. PAUL BRODARD.

Reliure serrée

www.ingramcontent.com/pod-product-compliance
Lightning Source LLC
Chambersburg PA
CBHW051128260626
47170CB00005B/1718